OETINGER TASCHENBUCH

Mascha Matysiak, 1979 geboren, hat Germanistik, Kunstgeschichte und spanische Philologie studiert. Seit ihrem Uniabschluss widmet sie sich intensiv und voller Freude dem Schreiben. Am liebsten verfasst sie Geschichten für Kinder und Jugendliche. 2014 ist ihr erstes Jugendbuch »Schmetterlingsherz« bei PINK erschienen. Die Autorin lebt mit ihrem Mann in Berlin.

Mascha Matysiak

Jungs strengstens verboten

Oetinger Taschenbuch

Außerdem bei Oetinger Taschenbuch erschienen:

Schmetterlingsherz
Schmetterlingskuss

MIX
Papier aus verantwortungsvollen Quellen
FSC® C002795
FSC www.fsc.org

1. Auflage 2017

Umschlaggestaltung: ZEROmedia GmbH, München
Druck: Livonia Print SIA, Ventspils iela 50, LV-1002, Riga, Lettland
ISBN 978-3-8415-0491-3

www.oetinger-taschenbuch.de

Kapitel 1

»Juhu, endlich Bio. Hoffentlich macht Frau Willmann heute mit den Insekten weiter.« Emma grinst wie ein Honigkuchenpferd. Ihre braunen Augen blitzen, und ihr Pferdeschwanz wippt fröhlich hin und her. Ich hake mich bei ihr unter, in der Hoffnung, von ihrer guten Laune angesteckt zu werden. Leider klappt es nicht. Im Gegensatz zu meiner Freundin bin ich nun mal kein Naturwissenschafts-Freak. Ich würde viel lieber joggen gehen, Karate trainieren oder meinetwegen auch Fußball spielen, als mich mit der Ernährung und dem Stoffwechsel von Bienen zu beschäftigen. Frau Willmann hat uns erzählt, dass Honigbienen in ihrem Stock nicht aufs Klo gehen, um die Ausbreitung von Krankheitserregern zu vermeiden. Klingt eigentlich sinnvoll. Wenn ich mir die Schultoiletten anschaue, wünsche ich mir auch manchmal, der ein oder andere würde sein Geschäft woanders erledigen. Allerdings können Bienen während der langen Wintermonate nicht raus und sammeln sämtliche Ausscheidungen in einer Kotblase an ihrem Körper. Den ganzen Mist werden sie erst los, wenn sie im Frühling zu einem Reinigungsflug ansetzen. Emma machen solche Informationen glücklich. Sie will später Medizin studieren und interessiert sich für sämtliche Abgründe, die sich im Unterricht vor uns auftun. Ich hingegen kann auf Details über die sanitären Zustände bei Insektenvölkern wirklich verzichten.

»Die Hausaufgaben sammle ich zum Ende der Stunde ein«, sagt Frau Willmann. Sie betritt kurz nach uns das Klassenzimmer.

Oh nein, ich habe den Aufsatz vergessen. Verzweifelt schaue ich zu Emma rüber. Vielleicht kann ich schnell bei ihr abkupfern. Sie schreibt im Unterricht immer fein säuberlich mit und ist absolut zuverlässig in Sachen Hausaufgaben. Als wir über den »Rumpellauf« und den »Schütteltanz«, oder wie auch immer das heißt, gesprochen haben, hat sie sogar die Bewegungsabläufe der Bienen nachgezeichnet. Ich habe mir lediglich gemerkt, dass die Tierchen beim »Rundtanz« Nektartropfen hervorwürgen, die ihre Kolleginnen als Kostprobe aufschlecken. Pfui Teufel!

Apis mellifera, steht in Schönschrift auf Emmas Block. *Die Apis mellifera (Westliche Honigbiene) gehört zur Familie der Apidae, innerhalb derer sie eine Vertreterin der Gattung der Apis ist. Apis sind Insecta und lassen sich zwar domestizieren, aber nicht zähmen. Eine erfolgreiche Haltung erfordert ein gutes Verständnis für den Bien.*

Seufzend lege ich den Stift wieder hin. Das kann ich vergessen. Die Willmann würde mir niemals abkaufen, dass der Text von mir ist. Da muss ich wohl in den sauren Apfel beißen und eine schlechte Mitarbeitsnote riskieren.

»Hilfst du mir kurz?« Unsere Lehrerin winkt Jannik zu sich rüber. Er folgt ihr in den Flur und kommt gleich darauf mit einem großen Koffer zurück, den er umständlich auf das Pult hievt.

»Vielleicht ein paar Waben und Bienenleichen zum Sezieren?«, flüstere ich und schüttele mich.

Emma kichert. »Du bist so ein Weichei, Leni.«

Und wennschon. Den Anatomiekram überlasse ich ihr gerne. Unsere Parallelklasse musste neulich Rinderaugen aufschneiden. Da kann einem doch nur übel werden.

»Das Insektenthema legen wir vorerst ad acta«, erklärt Frau Willmann. »Obwohl wir im weitesten Sinn doch noch über Bienen sprechen werden. Genauer gesagt, über Bienchen und Blümchen.« Ein Grinsen huscht über ihre Lippen. Die Jungs boxen sich in die Seiten. Wir Mädchen tauschen angespannte Blicke aus.

»Ihr erinnert euch bestimmt an die Informationsblätter, die ihr Anfang des Schuljahres von euren Eltern unterschreiben lassen solltet?«

Sexualkundeunterricht! Na toll! Meine Alarmglocken läuten. Nein, eigentlich schlagen sie heftig und zerspringen fast dabei. Letztes Jahr haben wir das Thema schon mal gestreift. Da hat Frau Willmann bereits angekündigt, dass wir bald tiefer einsteigen werden. Ich bin echt nicht verklemmt, aber ich will das nicht so unvorbereitet durchkauen, direkt nach dem Essen – die Käsemakkaroni liegen mir immer noch schwer im Magen – und in Gegenwart solcher Knalltüten wie Milchgesicht-Leon, Spangen-Ole oder Blinzelaugen-Rico.

»Jannik, die Bestätigung deiner Eltern fehlt noch«, fährt Frau Willmann fort. »Bring sie bitte in den nächsten Tagen mit, sonst kannst du nicht am Unterricht teilnehmen.«

Er nickt, und seine Wangen färben sich in bester Himbeer-Ahoj-Brause-Manier, während Frau Willmann ein Poster mit Abbildungen von männlichen und weiblichen Geschlechtsteilen entrollt und es am Whiteboard befestigt. Mit einem Stift tippt sie nacheinander sämtliche Organe an und bespricht mit uns ihre Funktionen. Zufrieden nimmt sie zur Kenntnis, dass wir bereits einiges wissen. Dann reibt sie sich die Hände.

»Ich würde jetzt gerne ins kalte Wasser springen und ein bisschen mit euch über Empfängnisverhütung reden. Welche Methoden kennt ihr denn?«

Chloe schnappt hörbar nach Luft, und Amelie und Luisa, die mir gegenübersitzen, werden weiß wie die Wand.

»Typisch Frau Willmann. Die fällt immer mit der Tür ins Haus«, raunt Emma. Ich vergrabe mein Gesicht in den Händen. Dabei fallen meine Haare nach vorn und bilden einen dunkelblonden Vorhang, hinter dem ich mich am liebsten ganz verstecken würde. Können wir nicht einfach weiter über die Ausscheidungen von Bienenvölkern reden und meinetwegen sämtliche Schleiertänze durchnehmen? Bitte! Wieso bin ich heute früh nicht krank geworden? Dann läge ich jetzt im Bett, Emma würde mir später vom Unterricht erzählen und ich mich wahrscheinlich darüber totlachen.

»Na, ihr werdet doch schon was davon gehört haben, oder?«, versucht Frau Willmann uns zu motivieren.

»Die Pille«, bricht Greta das betretene Schweigen. Wenn sich jemand damit auskennt, dann sie. Wegen ihrer Akne hat der Arzt ihr vor ein paar Wochen eine Packung verschrieben. Komische Vorstellung, so was gegen Pickel einzunehmen.

Frau Willmann nickt. »Und was noch?«

»Kondom«, kommt es von einer der Tischinseln, um die die Jungs sitzen, gefolgt von brüllendem Gelächter. Der Kommentator war Milchgesicht-Leon. Er grinst so überheblich, als wäre er Spezialist auf dem Gebiet.

»Angeber! Als ob der schon eine Freundin hätte«, flüstert Luisa.

»Er hat garantiert noch nicht mal ein Mädchen geküsst, höchstens seinen Hamster«, bestätigt Amelie.

»Bemitleidenswertes Tier«, füge ich hinzu, und die anderen kichern leise.

»Richtig, sehr gut. Und genau darum soll es heute gehen.« Zufrieden öffnet unsere Lehrerin die Schnallen ihres Koffers. »Das Kondom ist das einzige Verhütungsmittel, das sowohl eine Schwangerschaft verhindert als auch vor sexuell übertragbaren Krankheiten schützt. Übrigens lässt sich seine Geschichte über Jahrtausende zurückverfolgen. Darüber sprechen wir aber ein anderes Mal. Ich demonstriere euch jetzt ganz plastisch, wie man es handhabt. Es kann nicht schaden, das schon mal gesehen zu haben.« Oh, oh. Sie zieht eine glänzende Packung hervor. Dann runzelt sie die Stirn und wühlt in ihrem Koffer herum. »Wo ist denn der Beispielpenis?«

Der WAS? Ich falle fast vom Stuhl. Sogar Emma, die bereits eifrig mitgeschrieben hat, hält inne und starrt auf ihren Block. Verstohlen werfe ich den Jungs einen Blick zu. Immerhin ist ihnen auch mal das Lachen vergangen. Der eben noch so selbstsichere Leon hat einen kirschroten Kopf.

Frau Willmann wird endlich fündig. Mit einem ungenierten Lächeln stellt sie einen Holzknüppel auf den Tisch und sieht so glücklich aus, als hätte sie soeben die Lösung für das Kloproblem der Bienenvölker gefunden.

»Oh. Mein. Gott. Die hat nicht wirklich ein männliches Geschlechtsteil in der Hand?«, raunt Emma mir zu.

Ich schlucke. »Doch.«

»Wie eklig«, krächzt Chloe. Amelie und Luisa nicken.

Bei Emma hingegen weicht der erste Schreck bereits ihrer wissenschaftlichen Neugier. »Interessant.« Sie schiebt ihre Brille über die Nasenwurzel und macht einen langen Hals.

»Vorsichtig die Verpackung öffnen, dabei auf scharfe Fingernägel achten«, erklärt Frau Willmann und zieht das Gummi aus der Tüte. Glaube ich zumindest. Meine Augen kleben so fest an dem Holzknüppel, dass ich das Drumherum nur schemenhaft erkennen kann. Langsam rollt unsere Lehrerin das Gummi darüber aus.

»Die durchschnittliche Penisgröße liegt zwischen elf und siebzehn Zentimetern im erigierten und sieben bis zehn Zentimeter im erschlafften Zustand.« Sie zeigt so begeistert auf ihr Werk, als wäre sie eine Marktfrau, die den Besuchern ihre beste Gurke oder Zucchini anpreist.

Die eine Hälfte der Klasse steckt in einer Art Schockstarre, die andere würde wohl am liebsten auf der Stelle die Flucht ergreifen. Ich gehöre zu Letzteren, während Emma natürlich mal wieder aus der Reihe fällt. Sie nimmt ihr Lineal, fährt mit dem Zeigefinger über die Siebzehn-Zentimeter-Linie und zieht beeindruckt die Augenbrauen hoch.

»Enorm lang. Wie soll das in eine Frau reinpassen, ohne im Magen zu landen?«

Ich schüttele den Kopf, um das Bild vor meinem inneren Auge loszuwerden.

Frau Willmann holt derweil eine Handvoll Kondome aus ihrem Koffer und verteilt sie an uns. »Learning by doing«, flötet sie. »Probiert die Verhüterlis mal am Holzpenis aus. Ich lasse ihn gleich rumgehen, damit jeder Gruppentisch ihn bekommt. Und scheut euch nicht, mich zu fragen, wenn ihr unsicher seid, ja?«

Herrje, das Grauen nimmt kein Ende. Ole und Rico haben ihre Schockstarre überwunden und machen sich einen Spaß daraus, ihre Gummis wie Luftballons aufzupusten und sie durch die Luft zu werfen. Matti macht heimlich ein Handyfoto von dem Holzmonstrum auf seinem Tisch.

»Was für ein Kindergarten«, murmelt Emma. Sie schnappt sich eine gelbe Packung und reißt sie auf. Mit großen Augen beobachten Amelie, Luisa, Chloe, Greta und ich, wie sie das Gummi auf ihre Handfläche legt und daran schnuppert. »Riecht nach Früchten. Banane vielleicht?« Sie will es mir geben, doch ich schüttele den Kopf. Hoffentlich kommt sie nicht auf die Idee, eine Zeichnung anzufertigen.

Frau Willmann geht zum Fenster und wendet uns demonstrativ den Rücken zu, als wolle sie uns beim Kampf mit den Obstgummis unsere Intimsphäre lassen. »Nachher verteile ich verschiedene Themen, die ihr ausarbeiten und der Klasse in einem Vortrag vorstellen sollt«, erklärt sie mit Blick auf den Hof.

Referate? Über – das hier? Für mein Empfinden hatten wir den Tiefpunkt schon erreicht, aber offensichtlich kann es noch schlimmer werden.

Kapitel 2

Nach der Stunde kaufen Emma und ich uns erst mal einen großen Schokoriegel als Nervennahrung.

»Mit dem Thema *Knutschfleck* sind wir ja noch richtig gut weggekommen«, sage ich kauend. Ich bin froh, dass wir Zweierteams bilden dürfen. Dann macht man sich bei der Präsentation vor der Klasse wenigstens nicht alleine zum Affen. Geteiltes Leid ist halbes Leid.

Frisch gestärkt kommen wir in unser Klassenzimmer zum Deutschunterricht. Hier gibt es im Gegensatz zu den Bioräumen leider keine Gruppentische, sondern nur schnöde Einzelplätze, was eine Unterhaltung mit dem jeweiligen Nachbarn erschwert.

Herr Lindner alias die Grinsekatze erwartet uns schon. Wie immer hat er das breiteste Lächeln im Gesicht, das man sich vorstellen kann. Selbst wenn er sauer ist, zeigen seine Mundwinkel nach oben. Nur die Augen blitzen dann gefährlich. Das sieht ziemlich gruselig aus, kommt aber zum Glück nur selten vor. Wenn er irgendwann mal keine Lust mehr auf den Lehrerjob hat, kann er bestimmt in der Werbebranche Karriere machen. Als Zahnpastamodel oder so.

»Setzt euch, meine Lieben«, sagt Grinsekatze. Er wartet,

bis wir still sind, und zeigt dann auf einen Jungen mit blonden Haaren, der vorne am Fenster steht und mir erst jetzt auffällt. »Das ist Fintan. Euer neuer Mitschüler.«

»Hi«, grüßt Fintan und hebt die Hand. Ich wundere mich, dass er nicht schon in der ersten Stunde aufgetaucht ist, aber wahrscheinlich hat ihn die Sekretärin im Büro noch aufgehalten. Sie ist die reinste Quasselstrippe, und wenn man einmal in ihre Fänge gerät, entkommt man ihr nur schwer wieder.

»Er ist mit seiner Familie aus Holland hergezogen«, erklärt Herr Lindner und fährt sich über die Stirn, auf der sich ein paar Schweißtropfen gebildet haben. Für die frühe Uhrzeit ist es bereits ordentlich heiß. Ich bin froh, dass ich mich heute Morgen für Shorts und Flipflops statt für Jeans und Chucks entschieden habe. »Seid nett und zeigt ihm nach der Stunde die Schule.«

»Klar doch«, antwortet Luisa und klimpert mit ihren langen Wimpern, auf die sie seit einiger Zeit Tonnen von Tusche schmiert.

Greta nickt. »Ist der süß.«

»Ja, total«, bestätigt Amelie leise.

Als Fintan sich an den Sitzreihen vorbeischlängelt und auf den freien Platz ganz hinten an der Wand zusteuert, schiebt sie ihren Radiergummi vom Tisch, sodass er direkt vor seine Füße fällt.

»Hoppla«, sagt sie und blinzelt ihn mit Unschuldsmiene an. Ob Fintan das Manöver durchschaut, kann ich nicht erkennen. Jedenfalls hebt er den Radierer auf und überreicht ihn ihr höflich.

»Danke«, haucht Amelie. Rosa Flecken bilden sich auf ihrer Wange.

Greta sieht ihm seufzend hinterher. »Was für ein Gentleman.«

»Sind jetzt alle verrückt geworden?«, frage ich Emma, die nur ratlos mit den Schultern zuckt.

»Vielleicht liegt es am Asbest in der Decke?«, schlägt sie nach kurzem Grübeln vor. Neulich hat sich herumgesprochen, dass unsere Schule mit Asbest verseucht ist. Als der Rektor mit besorgten Elternbriefen bombardiert wurde, hat er sofort die Wogen geglättet und erklärt, wir wären hier absolut sicher, es gäbe keinen Grund zur Beunruhigung. Es soll nicht schädlich sein, wenn es gut verarbeitet wurde und dicht bleibt. Emma und ich sind trotzdem davon überzeugt, dass dieses Giftzeug in der Luft herumfliegt.

»Das würde jedenfalls einiges erklären«, sage ich.

Die Stunde vergeht wie im Flug. Wir sollen ein kurzes Märchen lesen, für alle Verben Synonyme suchen und die Geschichte damit neu schreiben. Grinsekatze sagt, er will unsere Kreativität ankurbeln. Emma und ich gehören zu den wenigen, die sich motiviert der Aufgabe widmen. Die meisten unserer Klassenkameraden beschäftigen sich lieber mit anderen Dingen. Rico zum Beispiel tippt unter dem Tisch auf seinem Handy herum. Ole unterhält sich leise mit Fintan. Luisa, Amelie und Greta versuchen das Gespräch zu belauschen und schauen ständig zu den beiden rüber. Aus einem mir unerfindlichen Grund ignoriert Grinsekatze das Desinteresse für seinen Unterricht und tut so, als würde er nichts merken. Irgendwann lässt uns ein lautes Knacken zusammenzucken. Im nächsten Moment schallt die Stimme unseres Rektors durch die Lautsprecheranlage. Nach der Stunde ist hitzefrei, verkündet er, und wir brechen alle in Jubel aus. Als bald darauf der Gong ertönt, kämpfen Emma und ich uns durch die Schülertraube, die sich neugierig um Fintan schart, und machen uns auf den Weg zu unseren Spinden. Kurz nach uns trifft auch Chloe dort ein. Sie öffnet ihren Schrank und fixiert das Innere, als würde ein Geist darin sitzen.

»Hey, alles klar?«, erkundige ich mich und schließe meine Tür neben ihr zu. Weil sie nicht reagiert, hake ich nach. »Geht es dir gut?«

Sie löst sich aus ihrer Starre und wirft einen verunsicherten Blick auf einige Jungs aus unserer Klasse, die gerade durch den Gang in Richtung Ausgang schlendern.

»Irgendwie nicht.«

Ich boxe Emma in die Seite, damit sie mir hilft, der Sache auf den Grund zu gehen. Sie reagiert sofort, schiebt sich ganz nah vor Chloe und schaut ihr tief in die Augen. Ihr Vater hat ihr neulich erklärt, dass das eine größtmögliche Vertrauensbasis schafft. Als Psychologe und Paartherapeut muss er es ja wissen.

»Was ist los?«, fragt sie.

»Ich … ich«, stottert Chloe. »Ach, das ist albern.«

»Nichts ist albern, also spuck's aus«, versuche ich sie zu motivieren.

»Ach, es ist nur … hm … also … es ist wegen der Oberweite.«

»Aha?!« Meint sie damit etwa ihr Referatsthema in Bio? Greta und sie müssen etwas über *Die weibliche Brust* erzählen.

»Es gibt wirklich schlimmere Themen«, beruhige ich sie. Wir setzen uns in Bewegung und machen uns auf den Weg nach draußen.

»Leon und Matti zum Beispiel haben richtig Pech«, knüpft Emma an meinen Kommentar an, und ich mache Mattis Entsetzen nach, als unsere Lehrerin die Aufgaben verteilt hat. »Das ist nicht Ihr Ernst, Frau Willmann.« Sein Wimmern gelingt mir so gut, dass Emma und ich uns vor Lachen kaum noch einkriegen. Den *männlichen Orgasmus* in einem Referat vorzustellen, ist wirklich absolute Höchststrafe. Die beiden Jungs könnten einem fast leidtun.

»Es geht nicht um das Referat. Das hat mich nur mal wieder an etwas erinnert«, murmelt Chloe mit gesenktem Blick.

»Um was geht es dann?« Emma bleibt dicht an ihrer Seite, und ich beeile mich hinterherzukommen.

»Um mich. Schaut mich doch mal an.«

»Ähm, ich stehe auf dem Schlauch.« Damit ist Emma nicht die Einzige. Ich drücke die schwere Eingangstür auf und muss einer Horde Neuntklässler ausweichen, die ohne Rücksicht auf entgegenkommende Schüler ins Gebäude strömen und sich dabei gegenseitig Kopfnüsse geben.

»Genauso kindisch wie unsere Jungs, obwohl sie zwei Stufen über uns sind«, stelle ich fest.

»Das männliche Geschlecht hängt offensichtlich mehrere Jahre im Frühstadium der Pubertät fest, bevor es irgendwann den nächsten Schritt macht«, pflichtet Emma mir bei.

Nachdem die Neuntklässler sich endlich an uns vorbeigedrückt haben, wendet sie sich wieder an Chloe.

»Also, bitte erklär's uns. Leni und ich kapieren es nämlich nicht.«

Chloe seufzt. »Na, da ist nix.« Mit zitternden Fingern zeigt sie auf ihre Brust.

»Nix würde ich jetzt nicht sagen«, wiegelt Emma ab. »Ein Brett ist definitiv flacher.«

Oje, sie kann manchmal echt ernüchternd sein. »Keine Sorge, das kommt alles noch«, schiebe ich schnell hinterher. »Bei uns ist da doch auch nicht sehr viel mehr.« Streng genommen stimmt das nicht, weil die Shirts von Emma und mir im Gegensatz zu ihrem schon deutliche Wölbungen vorweisen.

Draußen empfängt uns Vogelgezwitscher und der Duft von Sommerblumen.

Chloe blinzelt ins Licht. »Ich wünschte nur, es würde schneller gehen. Die Jungs reden dauernd über Mädchen mit großen Oberweiten.«

Ausgerechnet jetzt müssen sich Amelie und Luisa zu der Gruppe von Mitschülern gesellen, die sich vorne auf der Wiese versammelt haben. Amelie hat schon lange ihre Tage. Sie war die Erste von uns. Ihre Hüften sind schön geschwungen. Genau wie ihre Brust. Sie sieht wirklich toll aus und vor allem ziemlich weiblich. Heute trägt sie ein Shirt mit Knöpfen, von denen der oberste offen ist. Ein echter Hingucker.

»Na und?«, sagt Emma. »Ist doch egal, was die Idioten reden.«

»Find ich auch«, pflichte ich bei.

Leider lässt sich Chloe so leicht nicht überzeugen. Sie schüttelt trübsinnig den Kopf. »Mir ist es nicht egal. Ole hat neulich gesagt, dass er die *Möpse* von dieser Marika aus der Neunten toll findet.«

»Möpse?« Ich rolle die Augen. »Was für ein Depp.«

Jetzt wird Chloe ein wenig rot. »Ich möchte, dass er mich mag.«

Oh nein, sie ist doch nicht etwa in ihn verknallt? Das kann nicht ihr Ernst sein. Ich werfe Emma einen alarmierten Blick zu, den sie mit einem Schulterzucken beantwortet. Dann wendet sie sich wieder an unsere Freundin.

»Und du meinst, mit etwas mehr obenrum wäre das der Fall?«

»Ja. Ziemlich oberflächlich, nicht wahr?«

»Mhm«, machen Emma und ich gleichzeitig.

Amelie und Luisa werfen ihre Haare zurück und lachen aufgesetzt, als Fintan und Ole zu der Gruppe hinzustoßen. Rico holt einen Fußball aus seinem Rucksack. Er wirft ihn Fintan zu, der ihn gekonnt mit der Stirn auffängt und ihn dann mit dem Knie ein paarmal hochkickt. Amelie und Luisa quietschen kindisch und beklatschen Fintans kleines Kunststück. Wie kann man sich wegen eines Jungen nur so zum Affen machen? Irgendwann ist Ole an der Reihe. Er schießt den Ball mit dem Fuß in die Luft. Dabei verrutscht sein Shirt, sodass man einen Teil seines nackten Bauches sehen kann. Chloe seufzt noch einmal abgrundtief und schlurft mit hängendem Kopf zu ihrem Fahrrad neben dem Eingang.

»Puh, echtes Gummistiefelwetter«, raunt Emma mir zu.

»Da ist doch keine einzige Wolke«, sage ich mit einem Blick in den Himmel.

Sie rollt mit den Augen. »Das war symbolisch gemeint. Ich rede von Chloes Gemütszustand.«

Ich kenne zwar nur die Redewendung *Wie sieben Tage Regenwetter,* aber *Gummistiefelwetter* trifft es genauso gut.

»Wir müssen uns was einfallen lassen«, sage ich nachdenklich.

»Hm, Paps meint immer, dass man die Lebenssituation eines Patienten zwar nicht ändern kann, dafür aber seine Wahrnehmung. So schafft man es vielleicht, ihn von seinem inneren Konflikt zu befreien.«

Ich überlege einen Augenblick, wie sich diese Theorie in die Praxis umsetzen lässt, und da kommt mir ein guter Einfall. »Lass uns Chloes Aufmerksamkeit weg von den Jungs hin zu einem leckeren Eis lenken. Und danach gehen wir shoppen. Vielleicht finden wir irgendwo ein hübsches Kleid, in dem sie sich nicht mehr wie ein hässliches Entlein fühlt.«

Emma nickt begeistert, und wir klatschen uns ab, bevor wir rüber zu Chloe gehen und sie zu einem Trip in die Stadt überreden.

»Das gefällt mir.« Ich wedele mit einem weißen Shirt herum, das mit blauen Punkten bedruckt ist. Sportliche und schlichte Klamotten mit einem kleinen Hingucker gefallen mir am besten. Nach einer Riesenportion Eis in unserem Lieblingscafé sind wir nun im H&M gelandet. Emma greift sich ein gelbes Unterhemd. Gelb ist ihre Lieblingsfarbe. Sie trägt immer mindestens ein gelbes Kleidungsstück, was in Kombination mit ihrer breiten schwarzen Brille ziemlich an Biene Maja erinnert. Eine Zeit lang habe ich sie deshalb Bee genannt, aber das fand sie nervig, deshalb habe ich es wieder sein lassen.

Chloe schnappt sich ein Doppelpack Söckchen, und ich zwinkere Emma heimlich zu. Unser Ablenkungsprogramm funktioniert hervorragend. Auf dem Weg zu den Accessoires an der gegenüberliegenden Wand, wo Chloe schon von Weitem schöne Haargummis entdeckt hat, kommen wir an der Unterwäsche vorbei.

»Oh, Pantys.« Emma bleibt neben einer Wühlkiste stehen, in der ich ein Höschen mit Snoopy-Motiv finde. Das angele ich mir sofort heraus. Chloe will sich gerade ein lila Teil mit Sternen schnappen, als eine Verkäuferin einen Riesenhaufen Wonderbras neben uns ablegt.

Lächelnd hält sie uns einen BH mit Tigerprint hin. »Heute bekommt ihr zwei Teile zum Preis von einem. Ein super Angebot, Mädels.«

Meine Alarmglocken schlagen schon wieder. Eigentlich sind wir losgezogen, um Chloe ihr Busen-Problem vergessen zu lassen, und nun stehen wir vor einem Berg Push-up-BHs, der ihr schonungslos vor Augen führt, wie wenig es bei ihr zu pushen gibt. Verdammt!

»Äh, nee, danke.« Ich will Kurs auf die Accessoires nehmen, doch Chloe bleibt wie angewurzelt stehen.

»Gibt es den auch in anderen Farben?«, erkundigt sie sich.

Die Verkäuferin nickt. »Klar«, sie greift nach einem weißen Spitzen-BH. »Probier den mal in Größe 176. Durch die Wattierung wirkt das nachher wie eine 70 A. Ich habe dazu auch einen passenden Slip, der sich nicht unter Röcken und Röhrenjeans abdrückt.« Sie wedelt mit einem Stringtanga in der Luft herum, der lediglich aus drei aneinandergenähten Bändchen besteht. Das Ding sieht genauso aus wie die Haargummis, zu denen ich gerade wollte.

Plötzlich beginnen Chloes Augen zu leuchten. »Ich bräuchte auch noch einen Push-up-Bikini.«

»Leo-Print, dezent einfarbig oder neonfarben?«

»Äh, dezent.«

Die Verkäuferin greift nach einer schlichten blauen Variante. An einem daran festgenähten Band baumeln zwei spitz zulaufende Kissen. »Die kannst du hier in die Taschen schieben«, erklärt sie und zeigt auf eine Öffnung an der Innenseite des Oberteils. »Das schafft unter der Brust noch mehr Volumen und macht sie runder.«

»Könnte man auch als Augenpads verwenden«, murmelt Emma todernst, und ich unterdrücke ein Glucksen.

Ich drehe mich vor dem Spiegel hin und her. Das Shirt passt wie angegossen. Die blauen Punkte haben die gleiche Farbe wie meine Augen. Perfekt! Die Unterhose probiere ich nicht an. Ich habe keine Lust, mich hier nackig zu machen. Schnell ziehe ich mich wieder an und schiebe mich zu Emma auf das Sofa vor den Umkleidekabinen. Jetzt heißt es warten. Chloe hat die halbe Unterwäsche- und Bademodenabteilung mit in die Kabine geschleppt. Offenbar will sie bei Ole mit jeder Menge Wattekissen Eindruck schinden.

»Der ist gut, ich glaube, den kaufe ich.« Sie reicht uns den Push-up mit der feinen Spitzennaht raus.

Emma nimmt ihn ihr ab. »Und was ist mit dem Rest?«

»Weiß ich noch nicht.«

Mit gerunzelter Stirn zupft Emma an den kleinen Kissen herum, die genau wie beim Bikini außen am BH befestigt sind. »Verknallt zu sein, macht eindeutig seltsam.«

Da kann ich ihr nur recht geben. »Mama ist auch total komisch, seit sie verliebt ist.« Seit Wochen schwärmt sie für den Lehrer ihrer Ausbildung zum Yogatrainer.

»Ich frage mich sowieso schon die ganze Zeit, ob das überhaupt erlaubt ist.«

Mit großen Augen schaue ich meine Freundin an. »Was denn?«

»Na, Sex mit dem Chef.«

»Iiiih.« Ich ramme ihr meine Schulter in die Seite. »Hör auf. Ich will mir das gar nicht vorstellen. Und natürlich ist das erlaubt. Die beiden sind schließlich erwachsen.« Zum Glück erlöst Chloe mich von weiteren Gedanken an meine Mutter und ihren Lover, weil sie durch den Türspalt lugt und mir den String zuwirft.

»Vielleicht sollte ich den auch nehmen. Ist zwar total ungemütlich, passt aber zum Oberteil.« Sie verschwindet wieder in der Kabine, wo noch ein mächtiger Haufen Klamotten auf sie wartet. Ich knete den Hauch von Nichts in meiner Hand und frage mich, wer so was bequem finden kann.

Kapitel 3

»Holla! Wen haben wir denn da?«

Emma und ich zucken zusammen. Na toll! Milchgesicht-Leon und Blinzelaugen-Rico schlendern an den Umkleidekabinen vorbei. Eilig versuche ich, den Tanga in der Faust zu verstecken, doch er ist an einem Plastikbügel festgespannt und lässt sich nicht zusammenknuddeln.

»Hot stuff«, sagt Matti, der plötzlich hinter den beiden auftaucht und unsere Wäsche fixiert. Mit einem selbstgefälligen Grinsen, das nicht mal Jim Carrey toppen könnte, schnappt er sich Chloes Tanga und wickelt ein Stück davon um den Zeigefinger. »Ich wusste gar nicht, dass du auf so was stehst.« Er zieht ein paarmal die Augenbrauen hoch.

Obwohl ich es nicht will, wird mein Gesicht ganz heiß. Aber natürlich wäre es unfair gegenüber Chloe, wenn ich jetzt richtigstellen würde, dass nicht ich, sondern sie sich das Teil ausgesucht hat. Also sage ich lieber gar nichts und versuche stattdessen, ihm das Höschen abzunehmen. Leon starrt es mit knallroten Ohren an. Immerhin scheint wenigstens einem der Jungs die Situation peinlich zu sein.

Blinzelaugen-Rico schiebt seine Sonnenbrille in die Haare, zwinkert Emma zu und zeigt auf den Push-up in ihrer Hand. »Die doppelläufige Schneeballschleuder ist nicht schlecht.«

»Doppelläufige Schneeballschleuder?«, wiederholt Emma irritiert.

»Man könnte auch Zwillingsmütze oder Mopsfänger sagen.« Sein Kommentar löst bei den Jungs simultanes Gelächter aus.

Genervt schiebt Emma den BH unter ihr gelbes Hemdchen. »Spar dir deine Wortfindungen für den Deutschunterricht. Herr Lindner wäre bestimmt froh, wenn du dich da mal so kreativ beteiligen würdest.«

Matti zeigt auf meine Snoopy-Panty. »Das passt jetzt aber gar nicht zum sexy Rest.«

»Es geht euch überhaupt nichts an, was wir druntertragen«, zische ich und suche vergeblich nach irgendeiner Peinlichkeit in ihren Händen, um es ihnen mit gleicher Münze heimzuzahlen. Vielleicht eine Boxershorts mit Automotiven oder einen Pyjama mit Bärchenprint. Leider haben sich die Jungs aber nur mit harmlosen Sportklamotten eingedeckt.

»Willst du mir den nicht mal vorführen?« Matti dreht noch immer diesen fürchterlichen String durch seine Finger.

Endlich schaffe ich es, ihm das Teil zu entreißen. »Träum weiter.«

»Und was ist mit dir und dem Spitzen-Halter für deine Glocken?«, wendet sich Rico an Emma.

Wütend steht sie auf und funkelt ihn an. »Wenn du noch einmal so respektlos bist, dann zeige ich dir, was ich von deinen Glocken halte.«

»Uhh, das macht mir Angst.«

»Hey, Leute, da seid ihr ja.« Nun kreuzt auch noch Ole auf. Und direkt hinter ihm erscheint Fintan. Damit hätten wir alle nennenswerten Jungs unserer Klasse auf einem Haufen. Heute bleibt uns wohl nichts erspart. Chloe stellt sich klugerweise tot. Aus ihrer Kabine kommt kein Mucks.

Nach einem kurzen Schweigemoment sorgt Ole dafür, dass der Trupp sich endlich wieder verdünnisiert. Er drängt seine Freunde in Richtung Kasse und schlägt vor, beim Dönerladen um die Ecke noch etwas zu essen. Fintans zugegebenermaßen nette Frage, ob wir sie begleiten wollen, lehnen Emma und ich natürlich ab.

»Die Luft ist rein«, informieren wir Chloe, sobald unsere Mitschüler den Laden verlassen haben. Erleichtert darüber, dass sie vom Spott der Jungs verschont wurde, schleicht sie aus ihrem Versteck.

Wenig später schließe ich die Tür zu unserer Dachgeschosswohnung auf. Mama und ich leben hier, seit sich meine Eltern vor ein paar Jahren getrennt haben. Wir haben nicht allzu viel Platz in unseren zwei Zimmern. Dafür ist aber unsere Wohnküche groß, und es gibt eine riesige Terrasse. Sie ist mein absoluter Lieblingsort. In der Mitte steht ein Korbtisch mit mehreren Stühlen, und neben zwei Liegen baumelt meine Hängematte. Die habe ich beim letzten gemeinsamen Familienurlaub mit meinen Eltern in Italien bekommen. Der Stoff ist schon ziemlich abgeschrubbelt. Wenn es mir mal nicht gut geht und es warm genug ist, schlafe ich nachts in ihr. Dann kuschele ich mich hinein, schaue in die Sterne und überlege mir, welche Kreaturen sich da oben gerade tummeln und was sie wohl für Probleme haben mögen. Die Erkenntnis, dass das Weltall riesig und die Erde nur ein klitzekleiner Punkt darin ist, so winzig wie ein Sandkorn an einem kilometerlangen Strand, und ich auch nur ein Miniaturteil davon bin, lässt meine Sorgen dann jedes Mal schrumpfen.

»Hey.« Ich lege meine Einkaufstüte auf einen Stuhl und schlendere zur Terrassentür. Mamas Unterschenkel befinden sich auf meiner Augenhöhe.

»Hallo, Lenchen. Hast du schon gegessen?« Das unterdrückte Keuchen verrät mir, dass sie sich nicht erst seit eben in ihrer Lieblingsyogastellung, dem Kopfstand, befindet.

»Nee, nur ein Eis in der Stadt. Wir hatten hitzefrei und waren noch bummeln.«

Langsam lässt Mama ihre Füße sinken, landet auf allen vieren und rollt sich in den Stand hoch. »Es ist noch Salat mit Hühnerbrust im Kühlschrank.«

Nanu, wohin ist denn ihr Lächeln verschwunden? In den letzten Wochen hing es wie festgetackert in ihrem Gesicht und hat dem von meinem Deutschlehrer Herrn Lindner deutliche Konkurrenz gemacht.

»Alles okay?« Verwirrt schaue ich hinter ihr her. Ihr Kopf ist knallrot von der Yogaübung.

»Hm?« Fahrig ordnet sie ihre verstrubbelten Haare und stellt mir einen Teller und Besteck hin.

»Ist alles in Ordnung mit dir?«, wiederhole ich und mache Emmas Therapeutenblick von heute Mittag nach.

»Jaja, ich bin nur ein bisschen müde. Außerdem habe ich Kopfschmerzen.«

»Kein Wunder.«

»Die Übung ist wichtig«, stellt sie klar. »Sie regt den Blutkreislauf an, was gut fürs Hirn ist. Außerdem hilft sie gegen Venenverstopfung, vermindert Stress und ist laut meinem Trainer eine Quelle für Mut, Selbstvertrauen und Bodenhaftung im Leben.«

»Aha.« Skeptisch schenke ich mir ein Glas Saft ein. »Willst du nicht doch einfach nur Physiotherapeutin bleiben und den ganzen esoterischen Kram sein lassen?«

Endlich lächelt sie und drückt mir einen Kuss auf die Stirn. »Nee, Lenchen. Du weißt genau, dass ich mich mit der Yogalehrerausbildung weiterentwickeln will.«

Am nächsten Tag bemerkt Emma die Blicke, die die Jungs Chloe zuwerfen, als Erste. Chloe trägt ein nicht allzu weites Shirt. Wie von Zauberhand sind leichte Rundungen im Brustbereich aufgetaucht, und das Oberteil bringt sie wunderbar zur Geltung.

»Rico hat schon zweimal seine Sonnenbrille hochgeschoben und wild geblinzelt«, raunt Emma mir zu. Ich sehe zu den Jungs rüber. Tatsächlich. Sogar Leon schaut noch dümmer aus der Wäsche als sonst, was fast unmöglich ist, weil er eigentlich immer wie ein entrückter Schlafwandler rumrennt.

»Du siehst so anders aus, Chloe«, sagt Amelie neugierig.

»Ja, finde ich auch«, fügt Luisa hinzu. »Die Kette steht dir.« Sie zeigt auf Chloes Ausschnitt, über dem ein Lederband mit Federn hängt. Emma und ich unterdrücken ein Grinsen. Ich zwinkere Chloe zu, die zwischen Scham und Freude über die Aufmerksamkeit zu schwanken scheint.

»Wollen wir später ins Freibad?«, erkundigt sie sich bei Emma und mir. »Die anderen gehen auch, und ich bin ja jetzt vorbereitet.«

Klar sind wir dabei. Nach Schulschluss flitze ich nach Hause, schnappe mir meine Badesachen und treffe mich wenig später mit Emma und Chloe vor dem Bad.

»Meint ihr, Ole wird mich endlich mit anderen Augen sehen?« Chloe tritt von einem Bein aufs andere. »Vielleicht merkt er jetzt, dass ich ein richtiges Mädchen bin?«

Beruhigend legt Emma ihr einen Arm um die Schulter. »Wir werden in jedem Fall Spaß haben.«

»Genau«, pflichte ich ihr bei. »Mach dich nicht so abhängig von einem Jungen.«

Chloe seufzt. »Ihr habt gut reden. Ihr wisst ja nicht, wie ich mich fühle.«

Emma wirft mir einen vielsagenden Blick zu. Sie kann Chloe sehr gut verstehen. Mit unerfüllter Liebe kennt sie sich nämlich aus. Letztes Jahr im Sommercamp hat sie sich zum ersten Mal in ihrem Leben in einen Jungen verknallt. Er hieß Marc. Die beiden waren Teampartner beim Floßbauen. Sie haben viel herumgealbert und jede Menge Spaß gehabt. Emma dachte, er würde sie genauso sehr mögen wie sie ihn, doch leider war das nicht so. Bei der Abschlussfeier schipperte er mit einem anderen Mädchen über den Fluss und küsste es vor ihren Augen. Emma war für ihn nie mehr als ein Kumpel gewesen. Nach den Sommerferien hat sie nichts mehr von Marc gehört und war in puncto Jungs erst mal bedient.

Amelie, Luisa und Greta erwarten uns bereits neben dem

Schwimmerbecken. Sie haben ihre Handtücher in Sichtweite der Jungs ausgebreitet.

»Mann, sieht der Neue gut aus.« Amelie wirft Fintan, der gerade sein Shirt über den Kopf zieht, einen schmachtenden Blick zu.

»Oh ja«, seufzt Luisa.

Kurzerhand steht Amelie auf und tänzelt zu den Jungs rüber. »Hat jemand Sonnencreme dabei? Ich habe meine vergessen.«

Die hat Nerven! Weil Emma und ich keine Lust haben, uns dieses Theater anzuschauen, schlüpfen wir aus unseren Kleidern und schlendern zur Dusche.

»Lasst uns die Rutsche entern«, brüllt Rico. Er hechtet an uns vorbei, gefolgt von Ole und den anderen. Chloe ist die Letzte. Unsicher nestelt sie an ihrem Neckholder-Bikini herum.

»Steht dir wirklich gut.«

Emmas Kommentar zaubert ihr ein Lächeln ins Gesicht. »Ich habe die Pads dringelassen. Ist das nicht zu viel?«

Doch! Wenn man weiß, wie sie bis gestern ausgesehen hat, dann schon.

»Na ja«, sage ich, weil ich sie nicht noch mehr verunsichern möchte. »Wenn man dich nicht kennt, dann nicht.«

»Kommt schon«, ruft Leon. Er steht bereits oben am Einstieg und wartet mit den anderen auf uns. »Ladys first«, verkündet er und lässt uns vor. Gemeinsam zählen wir von drei rückwärts und springen dann hintereinander in die Röhre. Kreischend und lachend zischen wir hinunter. Als Gruppen-Bob zu rutschen, war eine blöde Idee, denke ich, als ich im Becken lande und Chloes Fuß in den Rücken kriege. So schnell wie möglich mache ich Platz, bevor die Jungs ankommen und eine Massenkarambolage verursachen.

»Autsch.« Chloe hält sich die Wange.

Prustend taucht Matti neben ihr auf. »Hab ich dich mit dem Ellenbogen erwischt?«

Sie nickt und watet ein Stückchen ins niedrigere Wasser.

Ich halte die Luft an, als ich das Desaster bemerke. Ach du dickes Ei! Oder sollte ich besser sagen: Ach du dicker Bra? Ihre linke Brust ist klein. Kleiner als klein. Quasi inexistent. Und somit eigentlich genau so, wie sie tatsächlich ist. Die rechte Seite sieht aber noch aus wie vorhin. Rund wie ein praller Apfel. Der Bob war eine absolut blöde Idee, denke ich wieder. Und der Push-up-Bikini erst recht. Aber das hilft jetzt auch nicht, denn das Pad ist davongeflutscht.

»Chloe, dein Oberteil«, ruft Emma geistesgegenwärtig. Sie hat es auch bemerkt.

»Interessantes Spontanschrumpfen«, gluckst Matti.

Erschrocken lässt Chloe ihre Hand von der knallroten Wange sinken und blickt an sich runter. Sofort flammt auch ihre andere Gesichtshälfte in der gleichen Farbe auf. Mit einem Stöhnen taucht sie bis zum Hals ins Wasser. Auf der Suche nach dem Pad fliegen ihre Augen über die Oberfläche.

»Ich glaube, du hast was verloren.« Rico hat das Kissen entdeckt und es sich geangelt. Nun wedelt er damit in der Luft herum. »Solche Dinger habt ihr also in euren Bikinis?«

»Gib das her«, befiehlt Emma und springt an ihm hoch, doch sie ist zu klein. Endlich habe ich Chloe erreicht. Schützend stelle ich mich vor sie. Jetzt weiß ich, was Fremdschämen ist. Wenn sich meine Freundin auch nur ein Fitzelchen schlechter fühlt als ich, dann müsste sie sich eigentlich auflösen und in den Reinigungsrillen am Beckenrand verschwinden.

»Ihr seid solche Idioten«, zische ich.

»Ey, hört doch mal auf«, schaltet sich Ole ein. »Das ist nicht witzig. Und außerdem hat sie sich wehgetan.«

Fintan greift sich das Pad und überreicht es Chloe. »Soll ich den Bademeister rufen? Er hat bestimmt was zum Kühlen da.«

Sie schüttelt den Kopf und taucht ab. Erst am Beckenrand kommt sie wieder hoch, springt aus dem Wasser und läuft davon.

»Verliebt sein macht alles kaputt.« Zerknirscht schließe ich mein Fahrradschloss auf. Nachdem Chloe fluchtartig das Bad verlassen hat, haben Emma und ich uns von den anderen verabschiedet. Die Lust auf Schwimmen ist uns gründlich vergangen.

»Stimmt«, bestätigt Emma. »Das wäre alles nicht passiert, wenn Chloe nicht verknallt wäre und sich deshalb den Push-up-Bikini gekauft hätte.«

Ich werfe das Schloss auf meine Tasche in den Korb. »Das muss so irre erniedrigend für sie gewesen sein.«

Emma nickt und schwingt sich auf ihren Sattel. »Aber immerhin hat Ole sie verteidigt. Er war richtig nett. Also scheint er sie zu mögen. Das ist doch schon mal was.«

Kapitel 4

»Finde deine Mitte. Finde deine Mitte. Finde deine Mitte.«

»Mama?«

Emma und ich legen die Taschen mit den nassen Sachen in den Flur, bevor wir in die Wohnküche gehen.

»Finde deine Mitte. Finde deine Mitte. Finde deine Mitte.«

Meine Mutter steht auf dem Kopf und wiederholt mit hochroten Wangen immer denselben Satz.

»Hey, wir sind da«, versuche ich sie erneut auf uns aufmerksam zu machen. Sie blinzelt nur kurz und murmelt dann weiter. Plötzlich durchbricht ein lautes Schluchzen ihre Kehle, woraufhin sie die Beine nach unten schwingt, einen Buckel macht und sich hochrollt. »Ich kann sie nicht finden.«

»Deine Mitte?«, frage ich vorsichtig.

»Genau.« Sie wischt sich über die Augen. »Wie soll ich entspannt sein und in mir ruhen, wenn … wenn …« Jetzt strömen die Tränen nur so aus ihren Augen. Emma zieht sofort ein Kleenex aus der Box auf dem Tisch. Ich hingegen stehe da wie angewurzelt. Mamas Verzweiflung lähmt mich völlig.

Sie nimmt das Taschentuch entgegen und schnäuzt dröhnend hinein. Dann sieht sie mich an. »Ich wollte dich eigentlich nicht damit belasten. Aber …«, plötzlich verengen sich ihre Augen zu Schlitzen, »dieser Idiot hat Schluss gemacht. Ich hätte es gleich wissen müssen.« Wütend wirft sie das zerknüllte Kleenex auf ihre Yogamatte.

»Redest du von deinem Trainer Martin?«, hake ich nach.

Mama nickt und fängt wieder an zu weinen. »Im Kühlschrank gibt es noch Gemüse-Couscous und Salat, wenn ihr wollt.« Sie verschwindet eilig ins Bad, und ich lasse mich auf einen Stuhl plumpsen.

»Verdammt, so verzweifelt habe ich sie schon lange nicht mehr erlebt. Was mache ich denn jetzt?«

»Hm, ich könnte Paps anrufen, wenn du magst. Der hat bestimmt einen Rat.«

»Meinst du?«

»Wenn nicht er, wer sonst?«

»Okay.«

Sie holt ihr Handy aus der Tasche. Wir setzen uns raus auf die Terrasse, und Emma schildert ihrem Vater in knappen Sätzen den Stand der Dinge. Nervös beobachte ich, wie sie sich einige Notizen in ihren Block macht, und versuche dabei vergeblich, aus ihren Mhms und Ahas schlau zu werden.

»Ich schätze, du kannst gar nichts tun«, sagt sie, nachdem sie endlich aufgelegt hat. »Da muss deine Mutter einfach durch. Sie erlebt eine Art Katharsis.«

»Eine was?«

»Eine innere Reinigung. Es ist gut, wenn sie ihre Gefühle rauslässt. Dadurch werden die Probleme kleiner. Hat Paps mir erklärt.«

»Frustabbau also?«

»Genau.«

»Vielleicht sollte ich Mama mal mit zu meinem Karateunterricht nehmen. Mikes Aufwärmtraining hilft ihr bestimmt mehr, als im Kopfstand nach einer ominösen Mitte zu suchen.«

Emma tippt auf ihren Block. »So, wie es aussieht, steckt deine Mutter momentan in Phase zwei. Ab Phase vier geht es wieder bergauf. Paps sagt, wenn man Liebeskummer hat, durchläuft man verschiedene Abschnitte. Im ersten will man noch nicht wahrhaben, dass es vorbei ist. Man versucht, es zu ignorieren.«

»Mama hat in letzter Zeit oft abwesend gewirkt. Und ein bisschen bedrückt. Vielleicht hat sie schon gespürt, dass bald Schluss ist?«, überlege ich und denke an gestern, als ihr Lächeln zum ersten Mal seit Wochen gänzlich verschwunden war.

»Schon möglich. In der zweiten Phase brechen die Gefühle auf. Man ist traurig, verzweifelt und wütend.«

Wir gehen in dic Küche, um uns den Couscous aufzuwärmen. Aus dem Badezimmer ertönt gleichmäßiges Wasserplätschern. Offenbar hat sich Mama unter die Dusche gestellt.

»Das geht dann in Phase drei über«, fährt Emma fort. »Da orientiert man sich neu, alles wandelt sich, und man sieht wieder ein Licht am Ende des Tunnels, sagt Paps.«

Hoffentlich passiert das bald. Ich schiebe das Essen in die Mikrowelle. »Und was kommt in Phase vier?«

»Akzeptanz! Die Zeit der Verbitterung und Trauer ist überstanden.«

»Puh, das klingt alles ganz furchtbar anstrengend.«

»Tut mir echt leid«, versucht Emma mich zu trösten und holt zwei Teller aus dem Regal.

»Ich dachte zuerst, der Holzpenis von Frau Willmann wäre der Tiefpunkt der Woche«, sage ich seufzend, während ich uns das Essen auftue. »Dann kam Chloes Push-up-Desaster und nun das. Mamas Drama toppt echt alles. Zu allem Übel fühle ich mich auch noch hundsgemein.«

»Wieso das denn?«

»Na ja, ich bin ehrlich gesagt froh, dass mit dem Yogatrainer Schluss ist.«

»Du kennst ihn doch nicht mal.«

»Stimmt, aber seit Mama diesen Lehrgang bei ihm macht, hat sie sich verändert. Mal ehrlich, jemand, der mehr Zeit auf dem Kopf verbringt als auf den Füßen, ein Plakat im Zimmer aufhängt, auf dem irgendwelche Chakren abgebildet sind, was auch immer das sein soll, und die Sonne begrüßt, als wäre sie ein Mensch aus Fleisch und Blut, der ist definitiv seltsam.«

»Chakren sind Energiepunkte im Körper«, erklärt Emma, als würde es sich um geläufiges Allgemeinwissen handeln.

»Manchmal machst du mir Angst«, brumme ich und folge ihr mit meinem Teller nach draußen. Womöglich kommt sie von einem anderen Stern? Na toll, meine Freundin ist ein Alien.

»Ich habe eben einen überdurchschnittlichen IQ«, sagt sie vergnügt. »Damit muss ich leben. Und meine Umwelt auch.« Wir kichern und vergessen für einen Moment das Trübsalblasen.

»Deine Mutter macht nun mal eine Yogalehrer-Ausbildung«, gibt Emma zu bedenken, nachdem wir uns wieder eingekriegt haben. »Da gehört ein bisschen esoterischer Hintergrundkram einfach dazu. Mach dir keine Sorgen.«

»Ich versuch's ja.«

Nach dem Essen machen wir es uns auf den Liegen gemütlich und dösen eine Runde. Als wir aufwachen, dämmert es bereits. Von Mama ist nichts zu hören. Wahrscheinlich hat sie sich nach dem Duschen in ihr Zimmer verkrochen.

»Eines ist mir jedenfalls endgültig klar geworden«, murmelt Emma und steckt die Lichterkette an, die um die Yucca-Palme gewickelt ist. Abgesehen von Mamas halbherzigem Versuch, eine Kräuterecke anzulegen, ist das die einzige Pflanze auf unserer Terrasse. Leider haben wir beide keinen grünen Daumen, sodass Blumen bei uns meistens jämmerlich eingehen.

»Was denn?« Ich schnappe mir das Feuerzeug und zünde die Zitronella-Kerze gegen Mücken an.

»Na, dass man besser dran ist ohne Jungs.«

»Und ohne die Liebe«, fügt Mama hinzu. Ich erschrecke ein bisschen, weil ich nicht mit ihr gerechnet habe. Sie kommt mit einem Rotweinglas und zwei Flaschen Sprite nach draußen, drückt uns die Limos in die Hände und setzt sich an den Tisch. Ihre Augen sind geschwollen, aber sie sieht nicht mehr so aus, als würde sie gleich zusammenbrechen.

»Man sollte einfach sein eigenes Ding machen«, überlege ich und blinzele in den Himmel. Ein paar Wolken ziehen vorbei, und der schwache Kranz des Mondes ist schon sichtbar.

»Sich nicht ablenken lassen von irgendwelchen männlichen Hornochsen«, sagt Emma.

»Sich einfach nicht mehr verlieben«, fügt Mama hinzu.

Ich nicke. »Dann würden einem viele Peinlichkeiten und Nervereien erspart bleiben. Ich kann jedenfalls gut auf dumme String-Tanga-Kommentare oder fliegende BH-Pads verzichten.«

»Was für Dinger?«, erkundigt sich Mama verwirrt, aber ich winke nur ab.

»Nicht so wichtig.«

Emma nippt an ihrer Sprite. »Man würde sich definitiv nicht so leicht zum Affen machen.«

»Und sich viel Leid ersparen«, ergänzt Mama seufzend.

»Genau«, bestätige ich.

Eine weiß-grau getigerte Katze balanciert über das Geländer. Sie springt leichtfüßig auf den Boden und kommt auf uns zu. Ihre Brust, die Pfoten und die Schwanzspitze sehen aus, als hätte sie in Puderzucker gebadet.

»Nanu, wer bist denn du?«, erkundige ich mich und beuge mich zu ihr runter, woraufhin sie schnurrend um meine Beine streicht. Dann setzt sie sich auf ihr Hinterteil und sieht uns aus ihren grünen Augen an, als würde sie auf etwas warten.

»Also ich habe von Männern jedenfalls gründlich die Nase voll«, sagt Mama und lenkt die Aufmerksamkeit damit wieder auf unser Thema. Ich frage mich, ob sie so langsam in Phase drei kommt. Das klingt nämlich verdächtig nach Licht am Ende des Tunnels. Erleichterung breitet sich in meinem Bauch aus.

»Beziehungen machen echt nur Ärger.« Emma streckt die Hand nach der Katze aus und streicht über ihr glänzendes Fell. »In Papas Praxis kommen dauernd verzweifelte Paare.«

»Immerhin scheinen sich deine Eltern aber gut zu verstehen«, sagt Mama und nippt an ihrem Glas. »Es gibt also doch ein paar Glückliche auf dieser Welt.«

»Stimmt. Aber Paps kennt als Fachmann natürlich auch sämtliche Tricks und Kniffe, die es braucht. Er sagt immer, Beziehungsarbeit ist harte Arbeit.« Emma rollt die Augen, und ich bin mir sicher, dass sie gerade an den regelmäßigen Familienrat denkt. Ihre Mutter, ihr Vater, sie und ihre jüngere Schwester Florine kommen einmal in der Woche zusammen und werfen sich den »Respektball« zu. Das ist einfach nur ein Tennisball. Wer ihn in der Hand hat, muss erzählen, was ihn zurzeit am Familienleben stört oder nervt. Der Ball wird dann so lange hin und her gereicht, bis man sich komplett ausgesprochen hat. Eigentlich ist diese Art, seinem Ärger Luft zu machen, keine schlechte Idee. Ich glaube aber, dass es manchmal besser ist, sich einfach anzubrüllen oder die Tür hinter sich zuzuknallen. Mama und ich streiten selten, aber wenn, dann kochen die Gefühle schon mal über und verrauchen auch genauso schnell wieder. Diesen komischen Respektball würde ich in so einem Moment wahrscheinlich vor Wut aus dem Fenster werfen.

»Ich hätte gern daran gearbeitet, die Beziehung mit Martin zu retten«, schnieft Mama. »Aber er hat uns keine Chance gegeben.« Sie wischt sich über die Augen und trinkt einen großen Schluck Rotwein, was mir leider zeigt, dass Phase drei doch noch nicht angebrochen ist.

»Ich habe eine Idee«, sagt Emma, bevor wir die nächste Kleenexpackung holen müssen. »Wie wäre es mit einem Pakt.«

Mama hält verwundert inne. »In Bezug auf Männer?«

»Oder auf Jungs?«, will ich wissen.

»Auf beide. Keine Romanzen, kein Verlieben. Das schützt uns vor Ärger und verhindert unnötige Probleme.«

»Ich bin dabei.« Mama nickt entschlossen, und ich schließe mich natürlich sofort an.

»Klar, können wir machen.«

»Wir müssen das irgendwie besiegeln.« Jetzt beugt Mama sich vor, schiebt die Zitronella-Kerze in die Mitte der Tischplatte und streckt ihren Arm aus. »Los, legt eure Hände auf meine.«

»Und weiter?«, erkundige ich mich, als wir eine Weile schweigend mit aufeinandergelegten Händen dastehen. Mama zuckt die Schultern, und Emma räuspert sich. Wie immer weiß sie Rat.

»Okay.« Das »ay« zieht sie etwas in die Länge. »Wir geloben hiermit feierlich …« Sie wartet und sieht uns mit hochgezogenen Augenbrauen an. »Sprecht mir nach.«

»Wir geloben hiermit feierlich«, murmeln Mama und ich synchron.

»… dass wir den Männern, also auch den Jungs, ab sofort abschwören …«

Während wir Emmas Worte flüsternd wiederholen, wird mir ein kleines bisschen mulmig zumute. Ungefähr so stelle ich mir ein spirituelles Hexenritual um ein flackerndes Feuer vor. Bei uns ist es zwar nur eine Mückenkerze, aber so genau muss man das ja nicht nehmen. Die Flamme wirft tanzende Schatten auf die Tischdecke, und von der Liege gegenüber schimmern grüne Katzenaugen zu uns rüber.

»... dass wir uns nicht verlieben, weil das der einzige Weg zu Glück und Zufriedenheit ist.«

»Namaste, so soll es sein«, schließt meine Mutter, nachdem wir auch den Schlusssatz wiederholt haben. Ich hebe meine Sprite in die Höhe, und wir stoßen feierlich darauf an. Wie auf Kommando steht die Katze auf, stolziert zur Balkonbrüstung, springt hoch und tänzelt davon.

Kapitel 5

Ich freue mich wahnsinnig auf das Karatetraining. Endlich kann ich mich wieder richtig auspowern. Mein Trainer Mike war die letzten zwei Wochen im Urlaub, deshalb ist es ausgefallen. Mama sah heute Morgen zum Glück schon besser aus. Chloe hingegen ist nicht in der Schule gewesen. Die Arme steht bestimmt noch unter dem Bikini-Schock. In der großen Pause haben Emma und ich ihr eine Nachricht geschrieben. Wir wollten wissen, wie es ihr geht, aber sie hat nicht geantwortet.

Mike wartet schon in der Halle. Er legt viel Wert auf eine intensive Aufwärmzeit. Meistens hetzt er uns die ersten zwanzig Minuten durch die Gegend, um unsere Schnelligkeit und Ausdauer zu trainieren. Heute lässt er uns einen Parcours aus Matten, Böcken, Stangen und Seilen aufbauen. Ich schleppe gerade eine ziemlich schwere Holzkiste an Mike vorbei, da betritt Fintan die Halle.

»Hey, machst du auch Karate?«, rufe ich ihm zu. Eigentlich eine überflüssige Frage. Was soll er sonst hier wollen?

»Ach, hallo, du bist Leni, oder?«

Ich nicke, und er kommt zu mir rüber und packt netterweise mit an. »Ich wollte hier mal reinschnuppern«, erzählt er, während wir die Kiste über eine andere stapeln. »Früher war ich im Taekwondo, und seit zwei Jahren mache ich Parkour.«

»Springt man da nicht an Wänden hoch, klettert über Mauern und jagt über Dächer?«

Er lacht. »Genau. Man braucht keine Halle, keinen festen Ort, man kann es überall in der Stadt machen. In Amsterdam habe ich mit meinen Freunden zweimal in der Woche auf einem alten Fabrikgelände trainiert. Das hat tierisch Spaß gemacht.«

Nachdem Fintan ein paar Worte mit Mike gewechselt hat, klatscht der in die Hände. »Wir dürfen heute ein neues Mitglied begrüßen. Fintan wird unser Team verstärken. Und jetzt lasst uns anfangen, Leute. Bildet bitte zwei Gruppen. Ihr startet hier, rennt über die Matten, springt über die Böcke und Kisten, hängt euch an die Seile und schwingt rüber zur kleinen Kletterwand. Auf der anderen Seite geht es bis zum Hallenende. Da macht ihr kehrt, kommt den gleichen Weg wieder zurück und lasst euch von einem Teampartner ablösen, quasi wie beim Staffellauf. Ziel ist es, so schnell wie möglich zu sein und die andere Gruppe zu schlagen.«

Wie immer sind wir bereits nach der ersten Viertelstunde klitschnass geschwitzt. Fintan ist im Gegnerteam und so dermaßen schnell, dass einem die Spucke wegbleibt. Während ich keuchend an den Seilen auf die gegenüberliegende Matte pendele, schwingt er wie Tarzan höchstpersönlich hinüber – natürlich ohne das Oh-i-oh-i-oh-i-oh-i-oh-Gebrüll. Und während die meisten von uns sich mühsam über die Kletterwand kämpfen, schiebt er sich so leichtfüßig drüber wie der kleine Bruder von Spiderman. Man merkt, dass er diese Trainingsart gewohnt ist. Sehr beeindruckend.

»Alles klar, Leute?«, beendet Mike die Aufwärmphase und geht zum eigentlichen Unterricht über, der kein bisschen weniger anstrengend ist. Heute üben wir gleich mehrere schwierige Tritt- und Blocktechniken und lernen zwei neue Kampfstellungen kennen.

Vollkommen erschöpft, aber zufrieden schleppe ich mich nach dem Kurs zu meinem Rad. Ich genieße die Müdigkeit in meinen Beinen und die Mischung aus Schwere und Energie, die man nur nach einem guten Training spürt. Mein Bauch meldet sich lautstark. Ich könnte glatt eine halbe Kuh futtern. Fintan kommt mit seiner Tasche über der Schulter aus der Halle. Er läuft direkt auf mich zu. Es dauert einen Moment, bis ich kapiere, dass er nur zu seinem Rad will, das neben meinem an einem Baum lehnt.

»Mike ist toll«, sagt er, während er sich an seinem Schloss zu schaffen macht. »Wie lange gehst du denn schon zum Training?«

»Karate mache ich seit eineinhalb Jahren. Vor ein paar Monaten hat Mike unsere Gruppe übernommen. Er holt echt das Letzte aus einem raus!«

Fintan grinst. »Ja, die Aufwärmphase war nicht ohne.«

»Manchmal hasse ich ihn dafür, weil ich schon vor den Kampfübungen fix und fertig bin. Aber die Methode ist schon gut! Mittlerweile sind wir alle ziemlich fit. Er hat vor Kurzem bei *Tough Mudder* mitgemacht und gewonnen.«

Fintan klemmt seine Tasche auf den Gepäckträger. »Noch nie davon gehört.«

»Das ist so ein krasser Hindernislauf, bei dem man über 15 Kilometer durch Schlamm und Matsch laufen muss. Mike hat Fotos auf Instagram gepostet. Er sieht aus wie ein Trüffelschwein, das in einem Dreckloch badet. Ich habe mich schlappgelacht.«

»Vielleicht macht er das ja mal mit uns, quasi als Aufwärmtraining.«

»Das wäre ihm sogar zuzutrauen«, antworte ich lachend. Wir schieben unsere Räder nebeneinander auf die Straße. »Man weiß nie, was er sich einfallen lässt. Also überleg dir gut, ob du weiterhin kommen willst.«

»Na, jetzt erst recht. Man könnte Mike ja mal auf die Idee zu so einem Matschtraining bringen.«

»Untersteh dich!« Ich steige auf den Sattel. Meine Oberschenkel zittern ein bisschen. Am liebsten würde ich mich jetzt in den Bus setzen und mich keinen Millimeter mehr rühren. Das würde aber zu lange dauern, und ich wäre bestimmt verhungert, bis ich nach Hause komme. »Also bis morgen in der Schule!«, rufe ich Fintan zu und trete in die Pedale.

Leider hält meine gute Laune nicht sehr lange an, weil ich schon beim Öffnen der Tür Mamas Schniefen höre.

»Hallo, Lenchen«, fiept sie mir aus der Wohnküche zu.

Ich lege meine Sportsachen in eine Ecke, laufe zu ihr und beuge mich vorsichtig runter. Sie steht mal wieder auf dem Kopf. »Wie war es heute bei dir?«, erkundige ich mich.

»Ach, ich hätte ihn erwürgen können. Er hat so getan, als wäre ich Luft.«

»Das tut mir leid. Kann ich irgendwas für dich tun?«

»Nein danke!« Sie stößt ein seltsames Grunzen aus und wischt sich mit der Hand über die Nase, was in dieser Position eine echte Meisterleistung ist. »Du kriegst das Elend sowieso schon viel zu sehr mit.«

»Ach, schon gut«, wehre ich ab, obwohl eigentlich gar nichts gut ist. Ich fühle mich vollkommen hilflos, weil ich ihr nicht helfen kann. Kämpferisch hebe ich eine Faust in die Luft. »Denk an unseren Pakt. Wir kommen ohne Männer klar.«

»Stimmt.« Ihre Stimme ist schon etwas fester. »Ich habe mir übrigens überlegt, die Küche zu streichen.« Sie zeigt auf eine Farbkarte, die auf dem Tisch liegt. »Was hältst du von der Nummer sieben? Die Farbe nennt sich *orange red with yellow and snow white elements.*«

Ich beuge mich über den Karton mit den bunten Quadraten und suche nach Mamas Favoriten. Oje! Da tränen einem ja die Augen. »Das ist neonorange, Mama. Da braucht man morgens beim Frühstück eine Sonnenbrille.«

»Die Farbe gilt als Kraftspender nach physischer oder seelischer Erschöpfung.«

Na gut, wenn es ihr hilft. Ich seufze, schnappe mir die große Schüssel Nudelsalat, die ich im Kühlschrank finde, und ziehe mich in meine Hängematte zurück. Keine zwei Minuten später taucht die Katze von gestern wieder auf. Sie tänzelt über das Geländer und kommt schnurrend zu mir rüber.

»Hey.« Sanft streiche ich über ihren Kopf. »Machst du wieder einen Ausflug über die Dächer der Stadt?« Sie sieht mich mit ihren grünen Augen an und miaut leise, als würde sie sagen: »Natürlich, das siehst du doch.«

»Du hast ein tolles Leben«, sage ich kauend. »Für dich zählen nur dein Futter und deine Freiheit. Du kennst keine Probleme.« Sie miaut erneut, und für einen klitzekleinen Augenblick habe ich das Gefühl, dass sie mich versteht.

»Filou!«, ruft eine männliche Stimme, und das rechte Ohr der Katze zuckt ein paarmal. »Filouhouuuu!«

Jetzt dreht sie den Kopf und spaziert zum Terrassenrand, wo sie auf die Brüstung hüpft und zum nächsten Dachvorsprung klettert. Ich stelle meine Schüssel ab, gehe ihr nach und lehne mich über das Geländer.

»Oh.« Als einen halben Meter vor mir der Kopf eines Mannes auftaucht, zucke ich zurück. Die Dachgeschosswohnungen sind etwas verwinkelt, wenn man es darauf anlegt, kann man aber den Rand der Nachbarterrasse sehen.

»Hallo, ich bin Jürgen«, sagt der Fremde, der ungefähr in Mamas Alter sein müsste. »Ich bin neu eingezogen und wollte mich in den nächsten Tagen mal persönlich vorstellen.« Er streckt mir seine Hand entgegen, und ich drücke sie etwas umständlich über die Dachschindeln hinweg.

»Ich bin Leni.«

»Meinen Mitbewohner hast du offensichtlich schon kennengelernt. Wir haben hier eine kleine Männer-WG.« Er lacht. Dabei bilden sich nette Grübchen auf der Wange und ein paar Falten um die Augen.

»Ja, er hat gestern schon vorbeigeschaut«, antworte ich.

»Filou ist ziemlich gesellig. Scheucht ihn einfach weg, wenn er euch auf die Nerven geht.«

»Ach Quatsch. Wir haben uns schon angefreundet.«

»Das ist schön. Ich klingele morgen mal bei euch, okay?«

»Klar, bis dann.«

Wie ein Hochseilkünstler balanciert die Katze, die also ein Kater ist, über die Dachrinne und klettert hinauf zu einem Schornstein. Dort setzt sie sich hin und blickt in Richtung Sonne.

Kapitel 6

»Wie geht es deiner Mutter?«, erkundigt sich Emma am nächsten Tag in der Schule. Wir sind gerade auf dem Weg ins Schülercafé, um uns mit der täglichen Ration Schokolade zu versorgen.

»Sie will die Küche knallorange streichen. Je leuchtender die Wand, desto heiterer unsere Stimmung, denkt sie wohl.«

Emmas Mundwinkel zucken belustigt. »Das ist ein gutes Zeichen. Klingt jedenfalls nach einem Licht am Ende des Tunnels.«

»Leider ein ganz schön grelles Licht«, antworte ich grinsend.

Fintan kommt uns mit einem Karamellriegel entgegen. Offenbar hat er sich auch etwas Nervennahrung besorgt. Als er vorbeischlendert, winkt er mir zu, und ich hebe unwillkürlich die Hand zum Gruß.

»Hat der dich gemeint?«, erkundigt sich Emma verwundert.

»Glaub schon. Wir haben uns beim Karate getroffen. Er trainiert jetzt mit uns und ist so was von gut.«

»Aha.« Mit gerunzelter Stirn schaut sie ihm hinterher.

»Wo steckt eigentlich Chloe?«, wechsle ich das Thema.

Sie ist heute nämlich schon wieder nicht aufgetaucht. So langsam mache ich mir ernsthafte Sorgen.

Kurzerhand beschließen Emma und ich, nach dem Unterricht bei ihr vorbeizuschauen. Bestimmt braucht sie moralische Unterstützung.

»Ich habe Grippe«, empfängt sie uns abweisend, doch damit kann sie uns natürlich nicht vertreiben.

»Etwa eine Ich-will-den-anderen-nie-wieder-unter-die-Augen-treten-Grippe?«, erkundigt sich Emma und trifft damit den Nagel auf den Kopf. Chloe starrt mit glühenden Wangen auf den Boden, während wir uns ungefragt zu ihr in den Flur schieben.

»Ist doch halb so wild«, tröste ich sie. »Niemand hat auch nur ein Wort über die Sache verloren.« Dass Matti und Rico beim Mittagessen die Teigtaschen als Push-up-Nudeln bezeichnet haben, muss ich ihr nicht auf die Nase binden.

Hoffnungsvoll hebt Chloe den Kopf. »Ehrlich?«

»Absolut. Ole wollte sogar wissen, wie es dir geht. Er hat sich Sorgen gemacht«, sagt Emma, und ich versichere ihr, dass sich spätestens nach dem Wochenende keiner mehr für den Schnee von gestern interessieren wird.

Endlich haben wir es geschafft, Chloe ein Lächeln ins Gesicht zu zaubern. Sie setzt sich in Bewegung und bietet uns etwas zu trinken an. Gemeinsam machen wir es uns im Garten gemütlich, schlürfen kalte Zitronenlimo und plaudern ein wenig. Irgendwann schaut Emma auf die Uhr und macht ein genervtes Gesicht. Heute ist ihr Florinen-Dienst. Einmal in der Woche muss sie sich um ihre kleine Schwester kümmern, damit ihre Eltern einen Pärchen-Abend machen können. »Viele Beziehungen scheitern daran, dass der Alltag sie auffrisst«, hat Emmas Vater vor einigen Wochen erklärt, und seitdem unternehmen Emmas Mutter und er regelmäßig etwas zu zweit. Dass Emma dabei den Kürzeren zieht, interessiert niemanden. Ihr Vater bezeichnet den Florinen-Dienst als *gute Möglichkeit zur Festigung der Geschwister-Beziehung.* Er ignoriert dabei konsequent, dass Florine und Emma sich im Moment überhaupt nicht gut verstehen. Sie streiten sich ununterbrochen. Deshalb festigt sich bei ihnen auch nichts. Im Gegenteil. Es wird eher etwas strapaziert, nämlich Emmas Nerven. Dementsprechend bekommt sie jedes Mal schon im Vorfeld schlechte Laune.

Wir verabschieden uns also von Chloe und lassen sie mit einem guten Gefühl zurück.

Zu Hause erwartet mich eine leuchtende Mama. Eine von oben bis unten neonorange leuchtende Mama, um genau zu sein. Ihr Overall muss ursprünglich weiß gewesen sein, denn das schimmert noch an einigen wenigen Stellen durch. Sämtliche Küchenmöbel hat sie in die Mitte geschoben und mit einer Plane bedeckt. Hier wird es zurzeit wirklich nicht langweilig.

»Hallo, Lenchen!«, ruft sie fröhlich. In der Hand hält sie einen breiten Pinsel.

»Streichst du die Wand oder dich?«, ziehe ich sie auf.

»Beides irgendwie.« Sie lächelt mich aus ihrem farbverspritzen Gesicht an. Als es klingelt, öffne ich die Tür, damit Mama den Flur nicht mit farbigen Tapsen versaut.

Es ist unser neuer Nachbar Jürgen. Auf dem Arm hält er seinen Kater, der offenbar keine Lust darauf hat, wie ein Schoßhund behandelt zu werden. Unter Einsatz seiner Krallen befreit er sich aus dem Griff, landet vor meinen Füßen, streift mit erhobenem Schwanz an mir vorbei und geht neugierig weiter.

»Filou«, schimpft Jürgen, doch da ist der Kater schon um die Ecke verschwunden.

»Huch!«, quietscht es aus der Wohnküche, gefolgt von einem Poltern und Fauchen. Jürgen und ich eilen zu Mama hinein. Sie sitzt auf dem Boden, hinter ihr sind verräterische Tatzenabdrücke auf der Folie zu sehen.

»Wo kommt denn die Katze plötzlich her?«, murmelt sie und nimmt Jürgens angebotene Hand entgegen. Schwungvoll zieht er sie hoch. Mama schaut ihn ganz komisch an und wischt sich über eine Haarsträhne, was diese nun auch noch orange färbt. Weil irgendetwas den beiden die Sprache verschlägt und mir die Stille unangenehm ist, rufe ich lauthals nach Filou und beuge mich über den eingepackten Küchentisch, um auf die Terrasse sehen zu können. Tatsächlich liegt der Kater draußen in meiner Hängematte und putzt sich genüsslich das Fell.

»Filou ist mein Kater«, reißt Jürgen sich endlich aus seinem Schweigen und löst seine Hand aus Mamas. »Entschuldigung, es war eine blöde Idee, ihn mit rüberzubringen. Ich wollte mich nur vorstellen. Ich bin Jürgen, der neue Nachbar.«

»Äh, hallo, ich bin Sibylle.«

»Ihr streicht?« Jürgen zeigt auf die Wand.

»Ja, richtig. Immer mal was Neues.« Noch einmal fährt sich Mama über die Haare. »Deswegen habe ich leider auch gar keine Zeit.« Sie schiebt ihn Richtung Flur. Dabei hinterlässt ihre Hand einen orangenen Fleck auf seiner Schulter.

»Wenn du mal was brauchst, Zucker oder Mehl oder so, dann klingle einfach«, biete ich ihm an, weil ich Mamas abweisende Art ein bisschen unhöflich finde.

»Ja, danke. Gleichfalls«, sagt er und verschwindet.

Beim nächsten Karatetraining hat unser Coach wieder einen dschungelähnlichen Parcours aufgebaut. Schon bei dem Gedanken daran, gleich in vollem Tempo die monströsen Wände aus Turnkästen zu überwinden, durch die zahlreichen Kisten mit den Bällen zu hüpfen und an Seilen durch die Luft zu segeln, fange ich an zu schwitzen.

»Heute machen wir es fast wie beim letzten Mal«, erklärt Mike und teilt uns in zwei Gruppen auf. »Allerdings lauft ihr immer zusammen mit einem Teampartner durch die Halle. Anders würdet ihr es nämlich gar nicht über die Kästen schaffen.« Das stimmt. Die hat er heute ganz besonders hoch aufgestapelt, sicherlich knapp zwei Meter. »Auf geht's, Leute. Keine Müdigkeit vortäuschen!« Er klatscht in die Hände und grinst dabei ein wenig diabolisch. Eigentlich wäre er der perfekte Coach für so ein Drill-Camp. Egal ob schwer erziehbare Jugendliche oder übergewichtige Abnehmmuffel – sie würden bestimmt alle genauso spuren wie wir.

»Wie sieht's aus, wollen wir es zusammen versuchen?« Fintan schiebt sich neben mich. Seine Augen leuchten voller Vorfreude.

»Klar, können wir machen.« Ich dehne mich ein bisschen. »Dir würde es bestimmt besser gefallen, wenn Mike auf dem Boden eine ordentliche Ladung Schlamm verteilt hätte, oder?«, ziehe ich ihn auf.

Er lacht. »Kannst du Gedanken lesen?«

»Ja, manchmal.«

Als unser Trainer das Startsignal gibt, rasen wir los. Vor dem ersten Kastenberg macht Fintan eine Räuberleiter, und ich fliege förmlich hinauf. Oben lege ich mich auf den Bauch, reiche ihm die Hand und ziehe ihn hoch. Unsere beiden Konkurrenten sind fast genauso schnell wie wir. Bei den Bällen geraten wir kurz ins Straucheln, dann geht es aber schon rüber zu den Matten und Seilen, an die Wand und wieder zurück. Kurz vor dem letzten Kastenhindernis haben Fintan und ich uns einen knappen Vorsprung erkämpft. Der Rest unseres Teams feuert uns vom Startpunkt aus an und wartet darauf, dass wir zurückkommen und mit dem nächsten Paar abklatschen. Zuerst rutscht Fintan das Turngerät hinunter. Dann schiebe ich mich selbst über den Rand. Er will meinen Sprung abfedern und packt mich an den Beinen. Irgendwie verliere ich dabei das Gleichgewicht. Mein Oberkörper zieht nach hinten, ich rühre mit den Armen in der Luft herum und erwische Fintans Gesicht mit dem Ellenbogen. Er dreht den Kopf weg, gerät ins Taumeln, und wir stürzen auf die Matte am Boden. Unsere Gegner landen zeitgleich neben uns. Schnell rappele ich mich hoch, doch Fintan bleibt liegen. Er drückt sich die Hand auf die Nase, und ich sehe rot. Viel rot. Zwischen seinen Fingern rinnt Blut hindurch. »Auszeit!«, brülle ich und knie mich neben ihn.

Mike kommt sofort zu uns, gefolgt vom Rest der Gruppe. Vorsichtig untersucht er Fintans Kopf und bittet eines der Mädchen, etwas Klopapier und ein feuchtes Handtuch zu holen.

»Ist schon gut, halb so schlimm«, besänftigt Fintan die allgemeine Aufregung. »Ist nur Nasenbluten.« Nachdem er das Papier in die Nasenlöcher gesteckt und das Handtuch in den Nacken gelegt hat, hört der Blutstrom endlich auf.

Ich begleite ihn auf eine Bank neben der Tür und bleibe bei ihm, während die anderen das Training fortsetzen.

»Bist du wirklich okay?«, erkundige ich mich und überlege, ob ich ihm ein neues Handtuch organisieren soll.

»Na klar. Aber du hast eine ganz schön harte Rechte.«

Unwillkürlich streiche ich über meinen Ellenbogen. »Tut mir echt leid.«

»Ich könnte mir noch eine andere Entschuldigung vorstellen.« Er dreht den Kopf zu mir, und ich bin mir nicht sicher, ob er lächelt oder seinen Mund nur wegen der Schmerzen verzieht.

»Wie meinst du das?« Soll ich etwa vor ihm auf die Knie gehen?

»Na ja, ein Eis zum Beispiel.« Jetzt grinst er definitiv. »Was Kaltes von innen hilft bestimmt gegen das Pochen in meinem Kopf. Und weil ich mich in der Stadt nicht auskenne, könntest du mir ein nettes Café zeigen.«

»Hm.« Einen Augenblick lang grübele ich, ob Emma etwas dagegen hätte. Womöglich würde sie denken, dass ich den Pakt breche? Das wäre aber völliger Blödsinn. Immerhin ist das kein Date. Ich begleiche lediglich eine Schuld.

Und wenn ich mir Fintans knallrote Nase so anschaue, ist die nicht zu bestreiten. Also nicke ich. »Klar. Das kann ich machen.«

»Dein Gesicht sieht wieder besser aus«, stelle ich erleichtert fest, als ich vor meinem Bananensplit sitze. »Die Nase ist gar nicht mehr geschwollen. Tut's noch sehr weh?«

Fintan trinkt einen Schluck von seinem Schokoshake und schüttelt den Kopf. »Seit etwa zehn Minuten sehe ich keine Sterne mehr, und die Welt dreht sich auch nur noch ein bisschen.«

Erschrocken halte ich inne, und er grinst von einem Ohr zum anderen.

»Blödmann«, schimpfe ich, weil er mich so ungeniert mit meinem schlechten Gewissen aufzieht.

»Alles halb so schlimm. Ich habe mir beim Parkour-Training schon oft wehgetan«, erklärt er und schiebt sein T-Shirt am Arm nach oben. »Hier, die Narbe an der Schulter habe ich von Glasscherben, als ich aus Versehen gegen eine Fensterscheibe geknallt bin und die kaputtgegangen ist. Und da«, er hebt das Bein, zupft seine halblange Hose zur Seite und zeigt auf eine Delle an seinem Oberschenkel, »bin ich abgerutscht und an einer Betonwand entlanggeschrammt. Das hat so geblutet, dass ich dachte, ich bräuchte eine Transfusion.«

Ich streiche mir eine verirrte Strähne aus der Stirn. »Von solchen Verletzungen bin ich bisher zum Glück verschont geblieben. Die einzige Narbe, die ich habe, stammt von einer Blinddarm-OP.«

Damit er sie sehen kann, ziehe ich mein Shirt hoch. Als er sich neugierig nach vorn beugt und mir mit der Fingerspitze auf den Bauch tippt, wird mir plötzlich ganz warm. Mein Magen fängt an zu grummeln. Um die seltsame Nähe zwischen uns zu beenden, springe ich auf.

»Okay, ich muss jetzt los.«

Fintan folgt mir zu den Rädern. »Vielleicht gehen wir ja mal wieder ein Eis essen?«

»Ja, vielleicht irgendwann«, murmele ich und rase davon. Das komische Grummeln in meinem Bauch hält noch eine ganze Weile an. Vielleicht hätte ich nicht so viel Sahne essen sollen.

Am nächsten Abend um sechs schnappe ich mir meine Tasche und verabschiede mich von Mama. Ich bin mit Chloe, Greta und Emma im Kino verabredet und bereits viel zu spät dran, weil ich unter der Dusche so getrödelt habe. Chloe ist seit Montag wieder in der Schule. Ihre Brust sieht aus wie immer. Nach dem Erlebnis im Schwimmbad hat sie den doofen Pads zum Glück abgeschworen. Am meisten freut es mich aber, dass niemand einen doofen Kommentar abgegeben hat. Obwohl unsere Jungs sich oft wie Kindergartenkinder benehmen, können sie manchmal auch ganz anständig sein.

»Oh, hey«, sage ich erschrocken, als ich die Tür aufreiße und direkt in Jürgen reinrenne. Er wollte gerade klingeln. Seine Hand schwebt noch einen Moment lang über dem Knopf in der Luft, bevor er sie sinken lässt und einen Schritt zur Seite macht, damit ich vorbeikann.

»Hallo. Ich, ähm, müsste auf euer nachbarschaftliches

Hilfsangebot eingehen.« Verkrampft fährt er sich durchs Haar und ringt sich ein Lächeln ab, als Mama um die Ecke schaut. »Brauchst du Kaffeepulver oder Milch oder so was?«, erkundigt sie sich bei ihm.

»Nein, ähm, das ist mir jetzt etwas peinlich. Ich fahre von morgen bis Sonntag weg, und ein Freund, der eigentlich Filou füttern und sich um die Balkonpflanzen kümmern wollte, hat mir gerade abgesagt, weil er krank geworden ist. Tja, nun wollte ich fragen, ob ihr das vielleicht übernehmen könntet.« Er zieht einen Schlüssel aus der Tasche. »Das wäre wirklich toll.«

»Klar«, antworte ich und springe die obersten Stufen hinunter. »Bis dann.«

Ich hoffe, dass er nur ein paar Geranien oder etwas ähnlich Robustes besitzt. Filou zu versorgen, ist kein Problem, aber für Pflanzen übernehme ich keine Garantie.

»Hui.« Mama entfährt ein überraschter Laut, und auch ich staune nicht schlecht, als wir am Freitag in Jürgens Wohnung kommen. Sie hat denselben Grundriss wie unsere, ist aber spiegelverkehrt. Während das Innere mit mehreren Kartonstapeln und den noch nackten Wänden ziemlich unbewohnt wirkt, strahlt die Terrasse bereits jede Menge Gemütlichkeit aus.

Mama schüttelt den Kopf. »Das ist ja der reinste Garten Eden hier.«

Sie hat recht. Alles blüht in den buntesten Farben und erinnert stark an einen Urwald. Jürgen scheint wirklich ein Pflanzenfreak zu sein.

»Es würde mich nicht wundern, wenn gleich ein Nashorn hinter einem der Büsche auftaucht oder eine Anakonda sich von einer Palme abseilt«, murmele ich. Aber das einzige Tier, das durch das Dickicht streunt, ist Filou. Er begrüßt uns schnurrend. Dann miaut er und läuft mit erhobenem Schwanz vor mir her in die Küche. Auf der Spüle stehen ein paar Dosen Katzenfutter. Ich öffne eine davon, und sofort streckt Filou sich an meinem Bein hoch. Mit einer Pfote schlägt er wild durch die Luft. »Langsam«, ermahne ich ihn und beeile mich, seinen Napf zu füllen, bevor er mich zu einem Kratzbaum umfunktioniert. Während ich sein Wasser austausche, gießt Mama draußen den Dschungel.

»Wieso hat er eigentlich keinen Gartenschlauch? So was gibt es doch in jedem Baumarkt«, murrt sie, als sie zum dritten Mal ins Bad läuft, um die Kanne zu füllen.

»Bestimmt ist er noch nicht dazu gekommen.« Ich schnappe mir eine zweite Gießkanne, die ich neben der Glastür entdecke.

»Wenn Jürgen nicht so sympathisch wäre, würde ich jetzt streiken.« Mama wischt sich über die verschwitzte Stirn, bevor sie eine der Palmen wässert, neben der unser Yucca-Gewächs vor Neid erblassen würde.

Kapitel 7

»Der Knutschfleck«, sagt Emma und blättert durch ein Heft, das sie an einem Kiosk erstanden hat. Ich habe es mir neben ihr auf meinem Bett gemütlich gemacht und fahre Mamas Laptop hoch, um im Netz nach unserem Referatsthema zu suchen. Es ist Sonntag, und wir haben eigentlich noch ewig Zeit für die Vorbereitung, weil wir erst in ein paar Wochen dran sind. Emma erledigt die Dinge aber lieber vorher als nachher. Also haben wir beschlossen, schon mal mit der Recherche anzufangen.

»Da ist es.« Sie tippt auf eine Seite. »Saugt jemand am Hals einer Person, entsteht ein Unterdruck an der Haut und dem Gewebe darunter. Dadurch wird entweder Blut aus den Kapillaren herausgezogen oder die Kapillaren werden sogar zum Platzen gebracht.«

»Kapillaren?«, hake ich nach, und als Emma mit den Schultern zuckt, google ich das Wort schnell. »Das sind kleine Röhrchen, durch die Blut fließt.«

Emma macht sich Notizen auf ihrem Block und liest dann weiter: »Das Blut sammelt sich im Gewebe unter der Haut und wird langsam abgebaut. Das kann sieben bis einundzwanzig Tage dauern.«

Ich erinnere mich an den Fleck, den Luisa nach den letzten Ferien am Hals hatte. Sie trug wochenlang einen Schal, obwohl es viel zu warm dafür war. Bis heute hat sie uns nicht verraten, was genau während ihrer Sommerferien in Italien vorgefallen ist.

»Ein Knutschfleck ist also eine Art Bluterguss«, überlege ich.

»Genau. Im Grunde ein durch Saugen entstandener blauer Fleck. Der Fachbegriff ist Hämatom.«

Ich schüttele den Kopf. »Boah, wer braucht denn so was?«

»Kein Mensch. Zumindest keiner, der klar bei Verstand ist.« Emma blättert die Seite um. »Während der Heilung durchläuft der Bluterguss mehrere Phasen. Zunächst ist er knallrot. Dann wird er dunkler, weil das Blut seinen Sauerstoff verliert. Verschiedene Enzyme bauen es nach und nach im Gewebe ab. Dabei verfärbt sich der Fleck von blau und grün bis hin zu gelb und braun.«

»Wir können Fotos suchen und sie bei der Präsentation zeigen«, schlage ich vor und freue mich über meinen kreativen Einfall. Das bringt bei Frau Willmann sicher Pluspunkte, und die kann ich sehr gut gebrauchen, weil ich in der letzten Zeit in Bio wenig Einsatz gezeigt habe. Neulich hat Frau Willmann das Kondomthema so richtig ausgeschlachtet und uns begeistert erzählt, dass in der Antike Leder oder Metall, Blätter und Stroh zur Verhütung verwendet wurden. Krokodilskot galt damals übrigens auch als wirksames Mittel. Das muss man sich mal vorstellen. Die ersten richtigen Kondome wurden irgendwann aus Schafsdärmen hergestellt. Ich finde solche Informationen kein bisschen besser als die Bienenkotblasen und hervorgewürgten Nektartropfen, über die wir davor gesprochen haben.

Emma schielt über ihre Schulter. »Theoretisch könnten wir uns auch selbst einen Knutschfleck machen, am Oberarm zum Beispiel.«

»Hallo? Wer hat gerade gesagt, dass das kein Mensch braucht?« Ich habe echt keine Lust auf so einen Fleck. Obwohl ich mich insgeheim schon frage, ob es wehtut, einen zu bekommen.

»In unserem Fall wäre das natürlich ein rein wissenschaftliches Experiment. Ein Selbsttest, damit wir später wissen, wovon wir reden.« Emma rückt ihre Brille zurecht und schüttelt dann den Kopf. »Nee, du hast recht. Wir googeln das lieber.«

Das finde ich auch. Ich gebe den Begriff ein, und augenblicklich ploppen so viele Bilder auf, dass wir damit locker die ganze Hauswand tapezieren und definitiv auf jegliche Studien am eigenen Körper verzichten können.

Gegen Abend klingelt Jürgen bei uns. In der frisch gestrichenen Wohnküche überreicht er Mama einen Topf mit einer wunderschönen Pflanze. Die riesigen Blüten haben dieselbe Farbe wie unsere neue Wand. »Filou hat mir verraten, dass ihr euch ganz hervorragend um ihn und meine botanischen Schätze gekümmert habt. Das hier ist ein kleines Dankeschön, eine Bougainvillea. Man nennt sie auch Drillingsblume.«

»Oh, danke.« Mama nimmt das buschige Gewächs entgegen, während Emma und ich weiter den Tisch decken. Wir haben vorhin Pizza bestellt und warten schon hungrig auf den Lieferservice.

»Ich dachte, eine Kletterpflanze wie diese wäre das Richtige für eure kahle Terrasse.« Jürgen zeigt auf unser verkümmertes Kräuterbeet und entlockt Mama damit ein Lächeln.

»Mit Pflanzen kenne ich mich nicht so gut aus«, sagt sie entschuldigend.

»Ich mich dafür umso besser, ich bin Gärtnermeister. Wenn du magst, kann ich dich beraten. Neben der Hängematte würde sich ein Bambus gut machen. Und ans Geländer könnte man Sonnenröschen und Dahlien hängen.«

Mama runzelt die Stirn. »Na ja, ein bisschen mehr Natur wäre schon ganz hübsch.«

Jürgen folgt ihr nach draußen, wo sie die Pflanze auf dem Tisch abstellt und sich nach einem geeigneten Platz umsieht.

»Ich bringe dir in den nächsten Tagen gerne frische Erde vorbei«, bietet er an. »Am besten mit Torf, Kokosfaser und Ton. Da wachsen die Blumen ganz von alleine. Außerdem habe ich ein paar Setzlinge, die ich dir geben könnte.«

»Ja, das wäre nett.«

»Hui«, raunt Emma, während sie die Teller zurechtrückt und sich hinsetzt. »Vielleicht kommt deine Mutter doch schneller in Phase vier, als wir dachten.«

Ich ziehe ein paar Servietten aus der Schublade. »Schön wär's, aber heute Morgen war sie wieder ziemlich bedrückt. Dass sie diesen Martin immer noch in der Ausbildung sehen muss, nervt sie ziemlich.«

»Ist ja auch eine blöde Situation, wenn man dem Ex ständig über den Weg läuft. Ich bin wahnsinnig froh, dass ich

Marc nach letztem Sommer nie wieder getroffen habe. Und er war nicht mal mein Ex, sondern nur mein Wunsch-Freund.«

Mamas Lachen unterbricht unser Gespräch. Wir heben die Köpfe und spähen nach draußen.

»Ich könnte schwören, dass die beiden flirten«, sagt Emma und zupft an ihrem rechten Brillenbügel.

»Quatsch.«

»Na, schau doch mal, wie die sich verhalten.«

Ich beuge mich ein wenig zur Seite, um einen besseren Blick auf den Balkon zu bekommen. »Die beraten sich nur über Blumen.«

Ungeduldig schüttelt Emma den Kopf. »Paps hat mir neulich erzählt, dass es bei der Kommunikation eine Sach- und eine Beziehungsebene gibt.«

Wahrscheinlich schaue ich gerade wie ein Mondkalb, denn sie fängt an zu kichern.

»Auf der Sachebene reden sie über Blumen«, erklärt sie mir. »Aber auf der Beziehungsebene senden sie Flirtsignale aus. Sie schauen sich zum Beispiel ununterbrochen an.«

»Ist doch klar. Das tut man eben, wenn man miteinander spricht.«

»Ja, aber jetzt hat er ihren Arm berührt. Absichtlich.«

»Na und?«

»Deine Mutter kriegt rote Wangen. Sie reagiert also auf ihn. Paps meint, spontane Körpersprache lügt nicht.«

Ich muss daran denken, wie Fintan mich in der Eisdiele am Bauch angefasst hat und mir plötzlich ganz warm wurde. Haben meine Wangen da auch ausgesehen wie zwei Radieschen?

»Er sucht ihre Nähe«, sagt Emma und beugt sich so weit zur Seite, dass sie fast vom Stuhl fällt. »Er will also ganz offensichtlich Zeit mir ihr verbringen.«

Das wollte Fintan mit mir auch. Oder ging es ihm wirklich nur darum, ein nettes Café zu finden?

»Sieh nur, wie deine Mutter die Haare zurückwirft. Genau wie Amelie und Luise neulich vor den Jungs.«

Oje, ich habe mir doch auch eine Strähne aus dem Gesicht geschoben, als Fintan mir seine Blessuren gezeigt hat. Habe ich da etwa aus Versehen irgendwelche Signale verschickt? »Quatsch! Wir sollten da nicht zu viel reindeuten. Jürgen hat sich nur bedankt, und weil er Fachmann ist, bietet er seine Hilfe an, so von Nachbar zu Nachbar.«

Emma seufzt. »Vielleicht hast du recht. Immerhin haben wir einen Pakt geschlossen, und an den halten wir uns auch.«

»Genau«, stimme ich zu und bin froh, dass der Pizzabote endlich unser Abendessen bringt und ich nicht weiter darüber nachdenken muss.

Mama bietet Jürgen an, etwas mitzuessen. Die Portionen sind riesig, und Nachtisch haben wir auch bestellt. Es ist also genug da. Erst lehnt er ab, doch dann kann er entweder Mama oder dem leckeren Duft der Pizzen nicht widerstehen, also setzt er sich zu uns. Dabei verzieht er gequält das Gesicht und greift sich an den Rücken.

»Hast du Schmerzen?«, erkundigt sich Mama besorgt.

Er nickt. »Wahrscheinlich habe ich mich beim Umzug verhoben.«

Mit Kennerblick stellt sie sich hinter ihn und tastet sein Kreuz ab. »Hier?«

»Aua, ja!«

»Der untere Brustwirbel scheint ein bisschen verrutscht zu sein. Ich schaue mir das nachher mal genauer an.«

Emma wirft mir einen vielsagenden Blick zu, und ich zucke mit den Schultern.

Kapitel 8

»Woran nehmt ihr teil?«, erkundigt sich Greta, als Chloe, Amelie, Luisa, Emma und ich unsere Sachen in den Spinden verstauen.

Heute steht unsere Schule ganz unter dem Motto »Gesundheit«. Der Unterricht fällt aus, dafür gibt es den ganzen Tag über verschiedene Kurse zum Thema Ernährung, Medizin und Sport. Letzte Woche durften wir uns dafür in Listen eintragen.

»Ich hab mich für den Kochkurs bei Grinsekatze angemeldet«, sagt Amelie.

Luisa nickt. »Ich auch. Vielleicht ist Fintan ja mit dabei. Wusstest ihr, dass seine Eltern eine Cateringfirma haben?«

»Wie aufregend«, kommentiert Greta. Sie will dem Hausmeister ausweichen, der mit einem bunten Papierstapel den Flur entlangläuft, aber er bleibt bei uns stehen. »Ich habe Werbematerial zum Thema Gesundheit bekommen und soll es verteilen.« Ohne zu fragen, ob wir überhaupt interessiert sind, drückt er uns einen Haufen Flyer in die Hand. »So, ich muss jetzt nachschauen, ob der Stand vom Roten Kreuz bei der Turnhalle schon aufgebaut ist.« Im Weitergehen drängt er auch anderen Schülern seine Broschüren auf.

»Rotes Kreuz ist wohl mein Stichwort«, sage ich und stopfe die Zettel in meine Tasche. »Ich habe mich bei der Erste-Hilfe-Übung angemeldet.«

»Frau Willmann hält in den Bioräumen einen Vortrag über Umweltmedizin. Das wird bestimmt total spannend«, sagt Emma.

Chloe stellt sich neben sie. »Da gehe ich auch hin.«

»Umweltmedizin?«, jault Matti, der mit Leon an uns vorbeischlendert. »Ihr wollt doch nicht ernsthaft büffeln?«

Leon wedelt grinsend mit ein paar Geldscheinen herum. »Wir gehen jetzt leckere Snacks auf Kosten unserer Kursleiterin kaufen, und dann macht unsere Gruppe es sich gemütlich und futtert alles auf.«

Emma sieht den beiden kopfschüttelnd hinterher. »Die werden sich noch wundern. Sie sind in einem Kurs für Ernährungsberatung und müssen später bestimmt sämtliche Fette, Kohlenhydrate und sonstigen Zutaten ihrer Einkäufe unter die Lupe nehmen. Wahrscheinlich kassieren sie einen ordentlichen Rüffel, weil sie nur ungesunden Kram besorgen.«

Bei dieser Vorstellung müssen wir alle grinsen.

Vor dem Sanitäter-Zelt hat sich bereits eine kleine Schülertraube versammelt, die einem jungen Mann in einem orangenen Shirt lauscht. Er erklärt gerade, dass in Schulen jährlich mehr als eine Million Unfälle passieren und meistens schnelle Hilfe gefragt ist, weil die ersten Minuten entscheidend sein können. Besonders bei lebensbedrohlichen Blutungen, Schockzuständen und Bewusstlosigkeit.

»Gut, dass du dich hier schlaumachst«, flüstert es hinter mir.

»Wieso?« Ich drehe mich um und weiß schon vorher, wer da steht.

Fintan macht ein ernstes Gesicht. »Dann bist du vorbereitet, wenn du das nächste Mal jemanden k. o. schlägst, und kannst dafür sorgen, dass er nicht fünf Liter Blut verliert.«

Ich verschränke die Arme vor der Brust. »Was hätte ich denn deiner Meinung nach besser machen können? Vielleicht mit einem Fingerschnippen das nasse Handtuch für deinen Nacken herzaubern? Oder dir in den Kopfstand helfen, damit das Blut zurückfließt?« Das wäre sogar gegangen. Immerhin bin ich dank Mama quasi Expertin für derlei Verrenkungen. Zumindest aus der Betrachter-Perspektive.

»… Mund-zu-Mund- oder Mund-zu-Nase-Beatmung«, sagt der Mann und lenkt damit unsere Aufmerksamkeit zurück auf das Geschehen. »Bei Atemstillstand sind solche Maßnahmen nötig. Sie werden in Kombination mit der Herzdruckmassage durchgeführt. Aber bevor wir tiefer einsteigen, zeige ich euch erst mal, wie man einen Verband anlegt und was man bei Verbrennungen beachten sollte.«

Nach einigen Übungen, in denen wir uns intensiv mit Mullbinden, Kältebehandlungen und Wundversorgung beschäftigen, legt er schließlich eine große Puppe vor sich. Dann streckt er die Arme aus, schiebt die Hände übereinander und zeigt uns, wie oft und wie tief das Brustbein bei einer Herzdruckmassage heruntergedrückt werden muss. »Bildet jetzt bitte Zweierteams. Und keine Sorge, ihr werdet die Übungen nur andeuten.«

Fintan sieht mich fragend an, und ich nicke. Irgendwie gefällt es mir, dass er schon wieder mein Teampartner sein will.

»Einer spielt jetzt den Verletzten, der andere den Helfer«, sagt der Sanitäter.

»Ist ja wohl klar, wer bei uns wer ist.« Fintan legt sich vor mir auf den Boden, und ich beantworte seinen Kommentar mit einem Augenrollen.

»Wenn ihr bei einem Verletzten eine Mund-zu-Mund-Beatmung durchführt«, fährt der Mann fort, »müsst ihr seinen Hals überstrecken. Mit Daumen und Zeigefinger einer Hand verschließt ihr seine Nase. Den Mund öffnet ihr vorher ein wenig.«

Ungeschickt zupfe ich an Fintans Kinn herum.

»Den eigenen Mund bitte ebenfalls öffnen und einatmen. Dann fest auf den Mund des Betroffenen setzen.«

Jetzt halte ich inne und schiele verunsichert zu meinen Mitschülern rüber. Manche kichern, andere wirken hoch konzentriert. Ein Junge hat seine Lippen auf die seiner Partnerin gepresst. In Zeitlupe beuge ich mich runter. Verdammt, wieso bin ich nicht mit Amelie und Luisa in den Kochkurs gegangen? Dort müsste ich jetzt nur Kartoffeln schnippeln. Fintan starrt mich an und grinst ein bisschen. Denkt er etwa, dass ich das jetzt wirklich mache? Und fände er das gut?

»Das müsst ihr jetzt natürlich nicht tun«, erreichen mich die erlösenden Worte des Sanitäters, und ich seufze leise. Gerade will ich mich wieder aufsetzen, da prallt jemand gegen meinen Rücken. Das unerwartete Gewicht drückt mich nach vorne, sodass meine Lippen die von Fintan streifen. Es mag nur eine Trillisekunde sein, also ein Hauch von einem Nichts, aber es war eindeutig Mund auf Mund. Ich zucke zurück und funkele den Jungen hinter mir wütend an. Er rauft lachend mit einem Mädchen und hat wohl gar nichts von allem mitgekriegt.

»Konzentriert euch bitte«, ermahnt der Sanitäter die beiden. Unsicher blinzele ich Fintan an. Er fährt sich mit einer Hand durch die Haare und stemmt sich hoch, ohne meinen Bick zu erwidern. Wahrscheinlich ist ihm die Situation genauso unangenehm wie mir.

»Bevor ich euch entlasse, üben wir noch die stabile Seitenlage. Das ist die Standardlagerung einer selbstständig atmenden bewusstseinsgetrübten oder bewusstlosen Person«, erklärt der Mann und zieht an seiner Show-Puppe herum. »Tauscht dafür bitte euren Part als Verletzter und Helfer aus.«

Am liebsten würde ich das blöde Rollenspiel sofort beenden und mich aus dem Staub machen, um in Ruhe nachzudenken. Ich bin so verwirrt, dass ich kaum mitkriege, wie Fintan mich vorsichtig vom Rücken auf die Seite dreht, den oberen Arm und das untere Bein vorschiebt und meinen Hals überdehnt. Findet er meine Lippen auch so weich wie ich seine? Fühlen sich richtige Küsse genauso an, oder macht die Druckstärke bei der Berührung von zwei Mündern einen Unterschied? Oh Mann, ich klinge ja fast schon wie Emma. Apropos Emma: Ist eine Wiederbelebungsübung, die aus Versehen zu einem Fast-Kuss wird, schon ein ernst zu nehmender Paktbruch? Ich habe mich ja nicht verliebt oder so. Im Grunde muss ich Mama und ihr also auch nichts verraten, beschließe ich. Wieso fühle ich mich trotzdem wie eine Verräterin? Es war doch bloß ein dummer Zufall.

Am Dienstag nach der Schule bin ich mit Mama in einem Möbelgeschäft verabredet. Jetzt, wo die Küche in frischer Farbe erstrahlt, hat sie sich in den Kopf gesetzt, einen neuen Tisch und neue Stühle zu kaufen. Obwohl es eigentlich viel zu heiß zum Bummeln ist, halte ich mein Versprechen und warte vor dem Laden auf sie. Wie immer ist sie etwas unpünktlich. Sie wirkt ganz schön abgehetzt, als sie endlich vor mir steht.

»Wir können das auch verschieben«, schlage ich vor, aber sie schüttelt den Kopf.

»Nein, nein, lass uns reingehen. Ein bisschen Ablenkung tut uns sicher gut.«

»Wird es denn besser mit Martin?«, erkundige ich mich, nachdem wir uns einen Wagen geschnappt haben, der so groß ist, dass bestimmt ein Sofa draufpassen würde. Oder zumindest ein halbes.

Energisch bugsiert Mama den Wagen durch den Gang. »Ich würde diesen Typen im Moment am liebsten nicht mehr sehen, aber wie soll das gehen? Das Schlimmste ist der Körperkontakt beim Training. Ich muss ständig daran denken, wie es war, mit ihm zusammen zu sein.«

»Wärst du das denn gerne noch?« Ich schaue mir ein paar bunte Kissen an, die Mama kurzerhand in unseren Wagen wirft.

»Auf keinen Fall. Sonst hätte ich mich ja nicht auf unseren Pakt eingelassen.« Sie zwinkert mir zu. »Oh, schau mal, die Übertöpfe dahinten. Lass uns ein paar davon für die Terrasse mitnehmen, ja?« Jetzt lenkt sie den Wagen nach rechts und hievt mindestens fünf Stück hinein. »Ich hoffe, die Rückenschmerzen sind endlich besser«, murmelt sie, während wir ein paar kleinere Varianten in Augenschein nehmen.

»Welche?« Heimlich tausche ich einen kitschigen Übertopf mit rosa Blümchen, den Mama in unseren Wagen gestellt hat, gegen einen mit blauen Streifen aus.

»Na, die von Jürgen. Er trägt den ganzen Tag schwere Pflanzenkübel hin und her, obwohl seine Wirbelsäule angeschlagen ist.« Überrascht sehe ich meine Mutter an. Wie sind wir jetzt eigentlich so schnell von einem Mann zum nächsten gekommen? Sie hat sich gleich am Sonntag noch um Jürgens Rücken gekümmert. Auch gestern Abend war sie bei ihm und kam erst Stunden später mit verklärtem Blick zurück. Anscheinend hatte er sie noch zu einem Wein auf der Terrasse eingeladen.

»Ich helfe ihm nur, weil ich mich als Physiotherapeutin mit so was auskenne«, sagt sie entschuldigend. »Du musst dir keine Sorgen machen, da läuft rein gar nichts zwischen uns.«

»Tue ich ja gar nicht«, wehre ich ab. Ich verstehe sie besser, als sie ahnt. Mir geht es mit Fintan ja ähnlich. Dass wir uns schon zweimal etwas nähergekommen sind, hat nichts zu bedeuten.

»Ich habe im Moment wirklich kein Interesse an Männern«, schiebt Mama nach. »Und wir beide kommen auch gut alleine klar, hm?«

»Absolut.«

Sie entdeckt ein großes Bild von einem Frosch mit einer goldenen Krone. »Das nehmen wir mit. Die grüne Farbe passt hervorragend zu unserer neu gestrichenen Wand.«

Als wir gefühlte Stunden später den Laden verlassen, haben wir weder einen neuen Tisch noch neue Stühle, dafür aber jede Menge Accessoires erstanden. Darunter eine weitere Lichterkette für die Terrasse und einen Glaskristall, den man ans Fenster hängen kann. Angeblich zaubert er Regenbogenfarben ins Zimmer.

»Damit holen wir die Energie der Sonne in die Küche«, hat Mama gesagt. Meinen Einwand, dass wir seit ihrer Streichaktion doch eigentlich genug Farbe hätten, wollte sie nicht gelten lassen.

»Laut Feng-Shui sorgt so ein Kristall für Stabilität und Ruhe«, erklärte sie, und bevor sie weitere esoterische Argumente anbringen konnte, habe ich das Ding höchstpersönlich in den randvollen Wagen gelegt. Eine Portion Stabilität und Ruhe können wir momentan allemal gebrauchen.

Wir hieven unsere Einkäufe aus dem Wagen und schleppen sie ins oberste Stockwerk.

Im ersten Moment denke ich, dass ich wegen der Hitze halluziniere, denn auf dem Treppenabsatz sitzt mein Vater auf einer Reisetasche.

»Bernd?«, fragt Mama ungläubig.

Er springt auf und breitet die Arme aus. »Überraschung!«

Kapitel 9

»Das ist wirklich eine Überraschung«, sagt Mama. Obwohl sie lächelt, hat ihre Stimme einen leicht gereizten Unterton. Das erinnert mich an die beiden Kommunikationsebenen, von denen Emma neulich gesprochen hat. Einerseits stellt meine Mutter ganz sachlich eine Tatsache fest, andererseits signalisiert sie, dass ihr der Spontanbesuch gar nicht in den Kram passt. Mir eigentlich auch nicht. Ich finde, wir haben schon genug um die Ohren. Abgesehen davon habe ich sowieso kein sonderlich enges Verhältnis zu meinem Vater. Wir sehen uns eher selten. Als Pilot einer großen Airline ist er meistens irgendwo in der Weltgeschichte unterwegs. Und wenn er mal Zeit hat, verbringt er sie gewöhnlich mit seiner hysterischen Freundin Lisa.

Papa drückt erst mir und dann Mama einen Kuss auf den Kopf. »Hm, Sibsib, du benutzt ja immer noch das Apfelshampoo, das ich so gerne mag.« Er liebt Kosenamen. Bei jeder Gelegenheit bezeichnet er mich als Schnipsel. Das muss man sich mal vorstellen. Als wäre ich fünf.

Mama schiebt ihn weg und schließt die Tür auf. »Wie oft habe ich dir schon gesagt, dass du mich nicht mehr so nennen sollst?«

Ohne etwas zu erwidern, schnappt er sich seine Tasche und drängt sich an ihr vorbei in die Wohnung.

»Ähm, willst du länger bleiben?«, frage ich vorsichtig, und er nickt.

»Ja, ein paar Tage. Das ist doch sicher okay für euch.«

»Moment mal. So läuft das nicht, Bernd.« Mama hat die sachliche Ebene über Bord geworfen. Ihre Stimme ist absolut nicht mehr zweideutig.

»Aber«, er senkt den Blick, »ich wollte euch mal wieder sehen.« Nachdem Mama ihm einen eindringlichen Blick zugeworfen hat, fügt er leise hinzu: »Und ehrlich gesagt weiß ich gerade nicht, wohin ich sonst gehen soll.«

Fast tut er mir leid. Er sieht wirklich traurig aus.

»Lisa und ich hatten Streit. Na ja, sie hat mich rausgeworfen.«

Ach, daher weht der Wind.

»Du brauchst also einen Unterschlupf«, sagt Mama mit hochgezogenen Augenbrauen. »Weil deine Aktuelle …«

»Lisa«, wirft Papa ein.

»Lisa«, wiederholt Mama, »dich rausgeschmissen hat. Und da kommst du ausgerechnet zu uns?«

Er nickt und setzt eine flehende Miene auf. »Mein Kumpel Tom ist nicht da, und unsere Bekannten haben gerade ein Baby bekommen, dort kann ich nicht hin. Ihr seid doch auch meine Familie. Also bitte, Sibsi …«, er unterbricht sich selbst, als er Mamas zusammengekniffene Augen sieht, »… bitte, Sibylle. Es ist doch nur für ein paar Tage, vielleicht eine Woche.« Jetzt wendet er sich mir zu und sieht mich auffordernd an. »Schnipsel, sag doch auch mal was.«

Ich schnaufe und bleibe ansonsten stumm. Was soll ich schon sagen? Er kommt nur zu uns, weil er einen Schlafplatz braucht. Das hätte ich mir gleich denken können. Interessanterweise tut mir das nicht mal sonderlich weh. Dass ich von Papa nicht viel erwarten kann, habe ich schon vor ein paar Jahren gelernt, als er uns mir nichts, dir nichts verlassen hat. Er brauchte angeblich mehr Freiraum und wollte sein Leben ändern. Mama nannte es *Midlife-Crisis* und hoffte, er würde sich wieder einkriegen und zurückkommen. Das tat er aber nicht. Stattdessen hat er eine Flugbegleiterin kennengelernt, mit der er schließlich zusammengezogen ist. So viel zum Thema Freiraum!

»Hör zu, Bernd, bei Leni und mir geht es momentan etwas turbulent zu. Wir brauchen nicht noch mehr Stress«, sagt Mama und beginnt, unsere Einkäufe auszupacken.

»Ich störe euch nicht, versprochen.« Er deutet hinter sich. »Ich schlafe draußen auf der Liege und mache mich unsichtbar. Es ist doch nur für ein paar Tage.«

Mama sieht mich fragend an. »Was meinst du, Leni?«

Ich zucke die Schultern, und sie seufzt. »Okay, du kannst bis spätestens Sonntag bleiben. Aber wenn es nicht klappt, gehst du früher.«

Erleichtert drückt er ihr einen Kuss auf die Stirn, dann zieht er sein Hemd über den Kopf, schmeißt es auf den Boden neben seine Tasche und geht ins Bad. »Ich dusche kurz. Heute ist es ja so was von heiß.«

Verdattert schaue ich auf sein Gepäck und das Shirt. Unter unsichtbar verstehe ich etwas anderes.

Als es klingelt, lege ich die Lichterkette ab, die ich mit Mama um das Geländer wickeln will, und öffne die Tür. Vor mir steht Jürgen mit einer Salatschüssel in der Hand und einem Baguette unter dem Arm.

»Hi, komm rein.« Ich mache eine einladende Geste, die er mit einem Lächeln quittiert.

»Danke, sehr gerne. Ich wollte mich für die Pizza revanchieren«, erklärt er, während er mir auf die Terrasse folgt.

Strahlend nimmt Mama ihm die Schüssel ab und stellt sie auf den Tisch. »Wie nett von dir. Das ist jetzt genau das Richtige. Leni und ich waren shoppen. Wir sind total erledigt.« Sie geht rein, um Besteck und Teller für uns zu holen. Dabei fällt mir der intensive Blick auf, den Jürgen ihr dabei zuwirft.

Kurz darauf erscheint Papa mit einem Handtuch um die Hüften und schielt in die Schüssel. »Hm, sieht lecker aus. Ich habe echt Kohldampf.« Er hält Jürgen seine Hand hin. »Hallo, ich bin Lenis Vater Bernd.«

»Ich bin Jürgen, von nebenan.« Sichtlich verdutzt beobachtet er, wie Papa sich auf eine Liege plumpsen lässt. Dann schaut er zu Mama hinein, die mit dem Geschirr herumklimpert und ein paar Teller aufeinanderstapelt. »Ich, äh, wollte nicht stören.«

»Das tust du nicht«, versuche ich, ihm klarzumachen, und folge ihm, weil er bereits den Rückzug antritt.

»Habt ihr euch da draußen schon bekannt gemacht?«, erkundigt sich Mama.

»Ja, haben wir. Lasst es euch schmecken, ich komme dann ein anderes Mal«, murmelt Jürgen.

»Isst du etwa nicht mit uns?« Mama macht ein enttäuschtes Gesicht.

»Ehrlich gesagt habe ich schon gegessen.« Er geht in den Flur. »Ich habe euch nur die Reste gebracht, weil ich nicht wollte, dass sie schlecht werden.«

Also, wenn dieser Riesentopf da draußen ein Essensrest ist, dann frage ich mich, was für eine Elefantenportion er für sich selbst gemacht hat.

»Okay, bis bald.« Als Jürgen verschwunden ist, sieht Mama mich fragend an. »Hat Bernd irgendwas Dummes gesagt?«

Ich schüttele den Kopf. »Nicht dass ich wüsste.«

»Wenn du mal mit deinem Freund von nebenan alleine sein willst, Sibsib«, kommentiert Papa Jürgens Abgang, »dann mache ich für ein Stündchen die Bahn frei.«

»Jürgen ist nicht mein Freund«, erklärt sie ihm gereizt.

Später lasse ich mich erschöpft in mein Bett fallen und wälze mich eine Weile herum. Papas Schnarchen dringt durch das geöffnete Fenster zu mir herein. Aber das ist es nicht, was mir den Schlaf raubt. Es ist Fintan. Er spukt mir die ganze Zeit im Kopf herum. Ich frage mich, wie es wäre, wenn wir uns richtig küssen würden. Ob er auch darüber nachdenkt? Oder hat er den kleinen Zwischenfall in der Schule womöglich schon längst vergessen? Irgendwann schlage ich seufzend meine Decke zurück und gehe in die Küche, um ein Glas Wasser zu trinken. Das Wirrwarr in meinem Leben wird immer größer. Vielleicht sollte ich den Regenbogenkristall am Küchenfenster in mein Zimmer hängen, damit ich mir die nötige Stabilität und Ruhe wenigstens einbilden kann.

»Und jetzt ist echt dein Vater bei euch eingezogen?«, erkundigt Emma sich am nächsten Tag.

Wir stehen mit unseren Tabletts in der Schlange vor der Essensausgabe der Mensa.

»Na ja, er ist bis Sonntag unser Gast. Wir konnten ihn ja schlecht auf die Straße setzen.«

Emma lächelt. »Ihr beide habt wirklich ein gutes Herz. Ganz im Gegensatz zu mir. Gestern hätte ich Florine den Respektball am liebsten in den Mund gestopft und sie daran ersticken lassen.«

»Wie bitte?« Überrascht sehe ich meine Freundin an. Sie ist doch sonst nicht so boshaft. »Was war denn los?«

»Stell dir vor, sie will mein Zimmer.«

»Wie, dein Zimmer?« Ich rücke einen halben Schritt auf, weil mein Vordermann sich in Bewegung gesetzt hat.

»Na, sie findet, dass ihres zu klein ist und es nur fair wäre, wenn wir tauschen. Sie hätte ja zehn Jahre in dem *Loch* neben mir gewohnt, und jetzt wäre ich mal dran.«

»Loch?« Ich grinse. Florines Zimmer ist vielleicht drei Quadratmeter kleiner als das von Emma.

»Ich habe ihr erklärt, dass ich nun mal die Ältere von uns beiden bin und zuerst da war. Aber das ist ihr natürlich egal.« Emma fummelt Messer und Gabel aus dem Besteckkasten und wedelt damit herum. »Und als ich dann die Zimmergröße in Lebensjahre umgerechnet habe, um ihr klarzumachen, dass mir die paar Quadratmeter mehr einfach zustehen, hat sie mir den Vogel gezeigt.«

»Zum Glück bin ich Einzelkind.« Ich nehme mir auch Besteck und eine Serviette. Dabei versuche ich, mein Grinsen in den Griff zu kriegen. Ich kann mir nur zu gut vorstellen, wie Emma dagegen ankämpfen musste, mit dem Tennisball auf Florine loszugehen. »Aber ehrlich gesagt ist deine mathematische Formel schon ein bisschen komisch. Ich meine, Lebensjahre in Quadratmeter umzuwandeln?«

Genervt zieht Emma die Augenbrauen hoch. »Das ist überhaupt nicht komisch, sondern kreativ! Abgesehen davon ist mir auf die Schnelle kein besseres Argument eingefallen.« Sie seufzt so laut, dass die Frau an der Ausgabe innehält und uns mit zusammengekniffenen Augen mustert. Wahrscheinlich denkt sie, wir würden ihre zugegebenermaßen sehr lahme Essensverteilung kritisieren. »Ich bin jedenfalls heilfroh, wenn wir morgen den Campingausflug mit der Klasse machen und mal für zwei Tage hier rauskommen«, fährt Emma unbeeindruckt fort. »Das wird uns guttun.«

Nachdem wir uns mit einer Portion Spaghetti versorgt haben, schaufeln wir uns an der Salattheke noch ein bisschen Grünzeug auf die Teller. Dann setzen wir uns zu den anderen Mädels an den großen Tisch neben der Glasfront. Rico und Leon bewerfen sich am Tisch hinter uns mit Spaghetti, und Luisa regt sich furchtbar auf, als sie einen roten Spritzer abbekommt.

»Vollidioten«, meckert sie und schrubbt wütend mit der Serviette auf dem Fleck herum. Weil es das aber nur noch schlimmer macht, verschwindet sie, gefolgt von Amelie, auf der Toilette. Chloe blinzelt mit roten Wangen zu Ole rüber, und er lächelt sogar einmal zurück. Ich überlege gerade, ob ich mir zum Nachtisch den Grießpudding mit Himbeeren gönnen soll, da kommt Fintan vorbei. Er ist auf dem Weg zur Geschirrrückgabe und bleibt neben mir stehen. »Wollen wir nachher gemeinsam zum Training fahren?«

»Können wir machen.«

»Und hinterher vielleicht wieder ein Eis essen?«

»Ähm, heute nicht.«

Er nickt und geht weiter. Zum Glück ist Chloe so sehr mit Ole-Anschmachten beschäftigt, dass sie nichts mitgekriegt hat, und Amelie und Luisa sind noch immer auf dem Klo. Emmas Blick reicht mir nämlich schon. Sie starrt mich an, als käme ich von einem anderen Stern. »Ihr wart Eis essen? Das ist ja interessant.«

»Mhm.« Nervös rutsche ich auf meinem Stuhl herum. »Letzte Woche habe ich ihm im Training aus Versehen eine verpasst. Er hatte Nasenbluten, und ich wollte es wiedergutmachen.«

»Und wieso erfahre ich das erst jetzt?«

»Weil es nicht so wichtig ist«, versuche ich mich zu rechtfertigen.

Emma schiebt ihre Brille, die mal wieder ein Stückchen runtergerutscht ist, zur Nasenwurzel hoch. »Magst du ihn etwa?«

»Was? Quatsch! Wir sehen uns nur zwangsläufig beim Sport.« Und vielleicht ist er tatsächlich auch ein kleines bisschen nett. Mein Magen grummelt, und ich stopfe mir schnell ein Salatblatt in den Mund.

»Okay.« Emma sieht mich noch einen Moment etwas verkniffen an, nimmt dann ihr Tablett und steht auf. »Ich muss noch kurz in die Bibliothek. Wir sehen uns gleich in Mathe.«

Ist sie jetzt etwa sauer? Ein Streit mit ihr wäre momentan echt das Letzte, was ich gebrauchen kann. Appetitlos stochere ich in den Resten meines Salates herum. Gut, dass ich ihr nichts von dem Quasi-Kuss erzählt habe. Nicht auszudenken, was sie dazu sagen würde.

Kapitel 10

Das Training verläuft völlig unfallfrei. Ich powere mich richtig aus, und Mike erklärt uns mal wieder ein paar neue Techniken. Als ich danach zu meinem Rad komme, schließt Fintan gerade seines auf.

»Na, hast du es dir mit dem Eis noch mal überlegt?« Er lächelt mich an, aber ich mache seine Hoffnung zunichte. »Ich muss leider heim. Mein Vater ist zu Besuch.«

»Leben deine Eltern getrennt?«

»Ja, schon lange.«

»Meine Eltern wollten sich auch schon scheiden lassen. Zweimal sogar. Aber sie haben sich immer wieder zusammengerauft. Ich glaube, wegen mir und meinen Geschwistern.«

»Hast du mehrere?«

»Fünf. Drei Schwestern und zwei Brüder.«

»Wow, das sind viele.«

Er lacht fröhlich. »Das sagen alle.«

»Sind sie jünger oder älter als du?«

»Bis auf meine große Schwester Edda sind alle jünger. Manchmal fühle ich mich wie im Kindergarten oder im Irrenhaus. Oder in einer gruseligen Mischung aus beidem.«

»Oje. Ich finde das Leben von meiner Mutter und mir

schon turbulent genug. Und Emma hat mit einer einzigen Schwester Schwierigkeiten. Da will ich mir gar nicht vorstellen, wie es in einer Großfamilie läuft.«

Fintan setzt sich auf die Steinmauer neben seinem Rad, kramt eine Tüte Gummibären aus seiner Tasche und streckt sie mir entgegen. »Bei uns ist immer was los. Aber man gewöhnt sich daran. Eigentlich verstehen wir uns ziemlich gut. Wie ist das bei euch?«

»Na ja.« Ich lehne mich neben ihn und greife in die Tüte. »Mama und ich sind ein gutes Team, Papa sehen wir nicht so oft. Er hat sich jetzt irgendwie den falschen Moment ausgesucht, bei uns aufzutauchen, weil meine Mutter ein bisschen Stress hat. Außerdem ist es in unserer Wohnung eigentlich zu eng für drei Leute.«

Fintan wirft ein gelbes Bärchen in die Luft und schnappt es mit dem Mund. Ich kann nichts dagegen tun, dass mein Blick an seinen Lippen kleben bleibt. Sie sind leicht geschwungen, voll und weich.

»In Holland hatten wir ein kleines Haus«, sagt er kauend. »Da war auch kaum Platz. In den Winterferien kam mal mein Onkel Bent zu Besuch. Er und Tante Marieke hatten sich gestritten.«

Das kommt mir bekannt vor.

»Er war mitsamt seinem Haustier ausgezogen.«

»Einem Hund?«

»Einem Vogel.«

Immerhin hat Papa keinen Vogel. Höchstens einen klitzekleinen im Kopf.

»Der Papagei hieß Frans und plapperte alles nach. Irgendwann hat mein kleiner Bruder sich einen Spaß daraus gemacht, ihm Schimpfwörter beizubringen. Und so hat Frans uns bald in Dauerschleife Dummschlumpf, Evolutionsbremse oder Koppelschaf genannt.«

»Koppelschaf?« Ich gluckse. »Sprecht ihr zu Hause Deutsch?«

»Meine Mutter kommt aus Deutschland. Wegen ihr sind wir zweisprachig aufgewachsen.«

»Evolutionsbremse«, wiederhole ich verwundert.

Fintan nickt. »Mein Lieblingswort war aber definitiv Blödföhn.«

Ich pruste los und angele mir ein rotes Bärchen. Dabei wird mir klar, dass ich heute zum ersten Mal lache. Emma hat in Mathe kaum mit mir geredet, und danach bin ich direkt mit Fintan zum Training gefahren.

»Hey, alles okay?«, erkundigt er sich und knüllt die leere Tüte zusammen. »Du guckst auf einmal so traurig.«

»Was? Ja, alles gut.« Ich räuspere mich. »Wieso seid ihr eigentlich aus Holland weggegangen?«

»Meine Oma lebt hier. Als Opa vor einem halben Jahr gestorben ist, war sie alleine in ihrem großen Haus. Und weil Mama sowieso schon lange wieder zurückwollte, sind wir bei ihr eingezogen und haben endlich jede Menge Platz.« Er steht auf. »Wollen wir vielleicht doch noch irgendwas unternehmen?«

Bloß nicht. Emma ist jetzt schon sauer. »Nee, ich kann wirklich nicht.«

Zu Hause finde ich Mama und Papa auf der Terrasse. Sie sitzen eng nebeneinander auf einer Liege und haben mir den Rücken zugewandt. Papas linker Arm liegt um Mamas Schulter.

»Das wird schon wieder, Sibsib«, brummt er in einem beruhigend tiefen Ton und streicht ihr über den Kopf. Mama lässt es zu. Sie beschwert sich nicht mal über den verhassten Kosenamen. Was ist denn hier los?

»Hey«, mache ich auf mich aufmerksam.

Meine Eltern drehen sich zu mir um. Mama ist blass wie ein Blatt Papier. »Heute ist der Super-GAU passiert, Leni«, murmelt sie. Oje, das hört sich gar nicht gut an. Eilig setze ich mich neben sie auf die Liege.

»Ich habe heute meine Kündigung bekommen. Die Praxis, in der ich arbeite, schließt in zwei Monaten. Meine Chefin wandert aus. Sie zieht in die USA zu ihrem Freund.«

»Das ist ja wohl ein schlechter Witz.«

»Leider nicht.«

»Und jetzt?«, frage ich nach der ersten Schockstarre.

Mama zuckt mit den Achseln. »Ich habe nicht die leiseste Ahnung. Der Markt für Physiotherapeuten ist in der Stadt total überlaufen. Da werde ich so schnell sicher nichts Neues finden. Und wie ich dann noch die Miete und den Rest der teuren Ausbildung bezahlen soll, weiß ich auch nicht.«

»Vielleicht solltest du einen Neuanfang wagen«, überlegt Papa. Bevor er aufsteht und in die Küche geht, streicht er ihr erneut über den Kopf. Die Nähe zwischen den beiden irritiert mich. So vertraut habe ich sie schon lange nicht mehr zusammen gesehen.

»Du könntest dich doch selbstständig machen und eine eigene Physiotherapiepraxis eröffnen«, knüpfe ich an Papas Idee an. »Vielleicht kannst du die Räume von deiner Chefin übernehmen.«

»Dazu fehlt das Geld. Ich müsste einen Kredit aufnehmen. Das finanzielle Risiko wäre einfach zu groß.«

»Oder du bietest ab sofort Yogakurse an«, grübele ich weiter. Es gibt sicher jede Menge Möglichkeiten für eine medizinische Fachfrau mit esoterischen Zusatzqualifikationen.

»Ich bin doch mit der Ausbildung noch gar nicht fertig. Vielleicht sollte ich sie aber ohnehin lieber abbrechen.«

»Wieso denn? Sie macht dir doch Spaß.«

»Ja schon, aber Martin hat mich heute nach dem Unterricht abgefangen.«

Sofort werde ich hellhörig. »Was wollte er?«

»Er hat gesagt, dass es besser wäre, wenn ich mir eine andere Schule suche.«

»Er schmeißt dich raus?«

»Natürlich nicht. Das kann er gar nicht. Er findet es nur nicht gut, dass wir uns ständig sehen. Dadurch werden wir unseren Ballast nicht los und blockieren die positiven Energieströme, sagt er.«

Ballast und Energieströme? Dieses Gerede geht mir langsam echt auf die Nerven.

Mama ignoriert mein Seufzen und steht auf. »Irgendwie hat er recht.« Sie massiert sich die Schläfen und schaut dann hoch in den Himmel. »Ich weiß wirklich nicht, was das Universum mir mit all diesen Rückschlägen sagen will.«

»Du solltest ernsthaft über einen Neustart nachdenken«, wiederholt Papa, der mit einer Flasche Wasser zurückkommt.

»Genau«, bekräftige ich.

Er setzt die Flasche an, trinkt ein paar Schlucke und wischt sich mit dem Unterarm über den Mund. »Alles hinter dir lassen. Nach vorne schauen.«

Ausnahmsweise spricht er mir vollkommen aus der Seele. Deshalb nicke ich zustimmend.

»Vielleicht die Stadt wechseln«, fährt er fort.

Augenblicklich erstarre ich. »Umziehen?«

»Das kann Wunder wirken. Ich habe auf meinen Reisen schon viele Leute kennengelernt, die neu angefangen haben. Für die meisten von ihnen war es die beste Entscheidung ihres Lebens.«

»Ich weiß nicht.« Mama wirft mir einen unsicheren Seitenblick zu, bevor sie, gefolgt von Papa, in die Wohnküche geht und sich auf ihre Yogamatte setzt.

»Ich spreche ja nicht davon, gleich in die USA auszuwandern wie deine Chefin«, erklärt er. »Aber eine neue Stadt bringt vielleicht neuen Schwung und neue Perspektiven.«

Gelbe, grüne, hellblaue und violette Streifen schimmern über Mamas Gesicht. Der Kristall am Fenster bricht das Licht in verschiedene Farben, die fröhlich durch den Raum tanzen. Aber die angebliche Ruhe und Stabilität, die er verbreiten soll, ist weit und breit nicht in Sicht. Ganz im Gegenteil!

Am nächsten Morgen stehe ich früh auf, weil der Klassenausflug bevorsteht und ich den Bus erreichen muss. Ich fühle mich total erschlagen. Heute Nacht habe ich kaum ein

Auge zugekriegt. Als ich ins Bad gehe, werkelt Mama bereits in der Küche herum. Sie rührt gerade Pulver in die dampfende Milch für meinen Kakao. Papa schläft noch. Sein Schnarchen beschallt sicher sämtliche Dachgeschosswohnungen der Straße. Nach einer erfrischenden Dusche setze ich mich zu Mama an den Tisch und helfe ihr beim Schnippeln des Obstsalats. Mein Blick fällt auf ein Apothekentütchen, das neben der Spüle liegt. Eine Tube Schmerzgel lugt daraus hervor.

»Ist das für Jürgen?« Ich werfe mir eine Erdbeere in den Mund und bearbeite dann eine Banane mit dem Messer.

»Ach, der kann mir gestohlen bleiben.«

»Wieso das denn?«

Mama besorgt uns zwei Löffel. »Wir waren für heute Abend verabredet. Nach der Rückenbehandlung wollten wir zusammen essen gehen. Ich habe mich wirklich über die Einladung gefreut und mir den Abend extra freigehalten.«

»Das ist ja nett.«

»Wäre es gewesen. Aber als ich ihm vorhin beim Brötchenholen im Treppenhaus begegnet bin, hat er aus heiterem Himmel abgesagt.«

»Vielleicht ist ihm was Wichtiges dazwischengekommen.«

Sie schüttelt den Kopf. »Da steckt mehr dahinter. Er war ziemlich reserviert und meinte, es würde auch in der nächsten Zeit nicht klappen, er hätte zu viel zu tun. Dann fragte er tatsächlich, ob er mir für meine bisherigen Behandlungen etwas schuldig sei.«

»Du meinst, er wollte für deine Hilfe zahlen?«

»Genau. Das muss man sich mal vorstellen. Urplötzlich tut er so, als hätten wir eine rein geschäftliche Beziehung. Dabei dachte ich, wir würden uns anfreunden und gegenseitig unterstützen. Mir ist dann der Kragen geplatzt, und ich habe ihm gesagt, er könnte sich sein Geld an den Hut stecken.« Mama seufzt. Ihr trauriger Blick lässt keinen Zweifel daran, dass Emma neulich richtiglag. Zwischen den beiden hat sich etwas angebahnt.

»Vielleicht ist er ja wegen Papa so komisch«, überlege ich. »Immerhin ist der einfach aufgetaucht und war auch noch halb nackt, als Jürgen neulich zu uns rüberkam. Das muss für ihn doch nach glücklicher Familie ausgesehen haben.«

»Mag sein. Aber Jürgen hat sich nicht mal die Mühe gemacht, genauer hinzuschauen, sondern lieber gleich den Rückwärtsgang eingelegt. Wahrscheinlich ist es besser, wenn wir uns in Zukunft aus dem Weg gehen. Noch eine Baustelle brauche ich wirklich nicht.« Jetzt hält sie inne und starrt das Stück Melone auf ihrem Löffel an. »Ach, Leni, das ist alles so ein Kuddelmuddel.«

Na, das kann sie laut sagen. Ich häufe mir noch etwas Quark auf meinen Obstsalat und schiebe mir eine Portion davon in den Mund.

»Aber eigentlich wollte ich etwas ganz anderes mit dir besprechen«, sagt sie und räuspert sich. Ich kaue ein bisschen langsamer, weil Mama so feierlich wirkt. »Gestern Abend habe ich noch lange mit meiner Freundin Carola aus Hamburg telefoniert und heute Nacht viel nachgedacht. Es gibt vielleicht wirklich eine Lösung.«

Eilig schlucke ich das Obstmus runter. »Aha?«

»Carola will versuchen, mir einen Job zu beschaffen. Eine

Bekannte von ihr ist Physiotherapeutin, die darüber nachdenkt, eine Partnerin für ihre Praxis einzustellen.«

»Aber das wäre doch in Hamburg.«

Mama nickt. »Carola hat angeboten, dass wir erst mal bei ihr unterkommen. Wir würden also auch Miete sparen.«

Mindestens fünf Herzschläge lang ringe ich um Worte. »Das ist nicht dein Ernst«, sage ich schließlich mit zittriger Stimme.

»Doch, ich denke schon. Bernds Idee mit dem Schlussstrich ist gar nicht so verkehrt.« Papas monotones Schnarchen verwandelt sich in ein unregelmäßiges Knattern. Am liebsten würde ich rausgehen und ihn schütteln, weil er Mama diesen Floh ins Ohr gesetzt hat.

»Es könnte eine Chance für uns sein, Leni«, sagt sie und lächelt mich an.

Für uns? Mich hat sie doch gar nicht gefragt. Draußen reckt Papa sich laut gähnend auf der Liege. Mindestens genauso laut schlägt mein Herz.

»Guten Morgen, meine Hübschen.« Er erscheint im Türrahmen und macht Anstalten, mir einen Kuss auf den Kopf zu drücken, doch ich schiebe ihn energisch weg.

»Leni, überleg doch mal«, sagt Mama beschwörend. »Wir können den Ballast einfach über Bord werfen und nach vorne schauen.«

»Ich habe keinen Ballast, den ich hinter mir lassen will, Mama!«

»Aber ich.« Ihre Stimme ist genauso laut geworden wie meine. Jetzt ist so ein Moment, in dem ich Emmas *Respektball* wahrscheinlich quer durch das Zimmer werfen würde.

Papa hebt beschwichtigend die Hände. »Kommt beide mal wieder runter.«

»Halt dich da raus«, zischen Mama und ich gleichzeitig, woraufhin er eine paar Schritte rückwärts macht und sich im Badezimmer verkrümelt.

»Sei doch nicht so stur«, wendet sich Mama nun etwas ruhiger an mich. »Wenn du mal einen Augenblick durchatmest und nicht gleich aus Prinzip dagegen bist, wirst du einsehen, dass die Idee interessant ist. Ich bin mir sicher, dass dir Hamburg gefällt. Bestimmt wirst du dich dort ganz schnell einleben.«

Schnaufend stehe ich auf und schnappe mir meine Tasche. »Ich muss los.« Bevor sie noch eine Lobeshymne auf Hamburg anstimmt, stürme ich davon.

Kapitel 11

»Wir brauchen einen Plan«, sagt Emma in ihrem gewohnt sachlichen Ton. »Einen guten Plan.«

Vor ungefähr einer halben Stunde hat unser Schulbus den Campingplatz im Wald erreicht. Das Seewasser plätschert leise vor sich hin, und ein paar Enten schwimmen gemächlich durch das Schilf. Gleich nachdem wir angekommen sind, ist der Großteil unserer Klasse schwimmen gegangen. Sogar Grinsekatze und Frau Willmann kraulen nebeneinander her. Chloe liegt mit Greta auf einem Handtuch unter einem Baum. Sie hat ihr Shirt und ihre Hose angelassen. Ich schätze, an dem Bikini-Desaster wird sie noch den ganzen Sommer über zu knabbern haben. Spätestens im nächsten Jahr werden ihre Brüste dann aber hoffentlich gemerkt haben, dass Chloe erwachsen geworden und kein Kind mehr ist.

»Kommt rein«, brüllt Rico uns zu, doch Emma und ich schütteln den Kopf. Wir haben es uns auf einem Baumstamm gemütlich gemacht, um in Ruhe Kriegsrat zu halten.

»Meine Mutter denkt nur an sich. Das ist so unfair«, murre ich und seufze laut.

»Sie will weglaufen. Das ist wahrscheinlich ein Fluchtreflex, also rein intuitiv«, überlegt Emma.

Ich schabe über den Stamm und schnippe eine Ameise weg, die sich auf meinen Finger verirrt hat. »Intuitiv hin oder her. Sie schmiedet schon konkrete Pläne. Mit dem Jobangebot hat Carola ihr eine Lösung für all ihre Probleme geliefert.«

»Und was macht sie mit der Ausbildung? Die war ihr doch so wichtig.«

Ich zucke die Schultern. »Schon, aber sie hat sowieso überlegt, wegen ihrem Ex die Schule zu wechseln. Und ob sie den Kurs jetzt hier oder in Hamburg macht, ist ja eigentlich egal.«

»Wir könnten ihr einen Tausch anbieten. Dich gegen Florine.«

Obwohl mein Herz schwer wie ein Stein in meiner Brust liegt, muss ich lachen. »Du meinst, ich bleibe hier, und deine Schwester geht stattdessen mit meiner Mutter nach Hamburg?«

»Genau. Dir würde ich sogar mein Zimmer überlassen und freiwillig ins *Loch* ziehen.«

Mein Hals beginnt zu brennen. Ich kann mir gar nicht vorstellen, von Emma getrennt zu sein. »Ich würde auch das *Loch* sofort nehmen, wenn es ginge.«

»Da haben wir es mal wieder, das Gummistiefelwetter«, sinniert Emma frustriert. »Nur hat die miese Stimmung dieses Mal nicht Chloe, sondern uns beide erwischt.«

Eine ganze Weile beobachten wir schweigend unsere Klassenkameraden. Ein paar von ihnen machen sich einen Spaß daraus, abzutauchen und den anderen die Füße wegzuziehen. Amelie spuckt gerade einen riesigen Schwall Wasser aus, den sie durch eine Attacke von Milchgesicht-Leon schlucken musste. Matti hat sein Handy in eine Schutzhülle gepackt und versucht verzweifelt, gute Unterwasserfotos zu schießen. Wenn ich mir die bräunliche Brühe so anschaue, wird er wohl nicht sonderlich erfolgreich sein. Von seiner Luftmatratze aus winkt Fintan uns zu. Ich ringe mir ein Lächeln ab. Ihn würde ich auch nie wiedersehen.

»In erster Linie braucht deine Mutter eine gute Jobalternative hier in der Stadt«, überlegt Emma. »Vielleicht finden wir ja eine für sie.«

Überrascht sehe ich sie an. »Du meinst, wir sollten in den Zeitungen nach offenen Stellen schauen?«

»Zum Beispiel. Oder wir verschicken ein paar Bewerbungen. Dafür gibt es Vorlagen im Internet. Ein weiteres schlagendes Argument dafür, hierzubleiben, wäre aber auch nicht schlecht.« Nachdenklich knubbelt sie an ihrem Kinn herum. »Zum Beispiel ein Mann!«

»Ein Mann? Ich verstehe kein Wort.«

Ungeduldig zieht Emma die Augenbrauen hoch, was dazu führt, dass ihre Brille mal wieder ein Stückchen nach unten rutscht. »Wenn deine Mutter einen festen Freund hätte, würde sie nicht wegziehen wollen. Meinst du, wir könnten sie wieder mit deinem Vater verkuppeln?«

»Spinnst du?« Empört tippe ich mir an die Stirn, woraufhin sie sofort einlenkt.

»Okay, okay. Blöde Idee.«

»Absolut oberblöde Idee!«

»Ich dachte nur, das wäre das Einfachste, weil er jetzt ja bei euch wohnt und mit seiner Freundin zerstritten ist. Außerdem hast du selbst gesagt, dass er deine Mutter ganz liebevoll getröstet hat.«

»Ja, kurz bevor er ihr geraten hat, auszuwandern, der Verräter«, knurre ich.

»Hm, der Yoga-Ex kommt auch nicht infrage. Er ist doof und hat sie zu sehr verletzt. Wir brauchen also einen anderen Kandidaten.« Emma beginnt wieder zu grübeln. Dann hellt sich ihre Miene auf. »Wir könnten doch Jürgen mobilisieren.«

»Jürgen?«

Sie nickt begeistert.

»Ich weiß nicht.«

»Wieso denn nicht? Der ist nett und normal. Also gut normal, finde ich.«

»Schon, aber …«

»Nichts aber, der Typ ist perfekt.«

»Eigentlich hast du recht. Jürgen ist wirklich nett. Und ich glaube, das findet Mama auch.«

»Wusste ich es doch.« Emma macht ein zufriedenes Gesicht. »Ich bin mir sicher, er mag sie genauso.«

»Könnte sein, aber seit Papa aufgetaucht ist, ist er irgendwie komisch. Und es knirscht auch ein bisschen zwischen Mama und ihm.«

»Wir müssen dafür sorgen, dass die beiden Zeit miteinander verbringen, damit sie sich näherkommen.«

»Und was ist mit unserem Pakt?«, werfe ich ein.

Emma runzelt die Stirn und schweigt einen Moment. Dann macht sie eine wegwerfende Handbewegung. »Hier geht es um Leben und Tod. Und wenn deine Mutter wirklich in Jürgen verliebt ist, hat sie sowieso schon dagegen verstoßen.«

Mein Hals wird plötzlich trocken. »Das wollte sie aber bestimmt nicht. Am Anfang war sie sogar ziemlich abweisend zu ihm.«

»Schon klar.« Emma rutscht vom Stamm runter und geht zu unserem Zelt, das noch verpackt neben all den anderen Taschen auf einer kleinen Lichtung liegt. Ich folge ihr und schaue zum Wasser rüber, wo Fintan gerade mit Spangen-Ole um die Luftmatratze kämpft. Er lacht und streicht seine Haare zurück, weil sie ihm über die Augen fallen. Jetzt stehen sie lustig in alle Richtungen ab. Als ich meinen Blick löse, merke ich, dass Emma mich beobachtet.

»Jürgen ist unser einziges Ass im Ärmel«, sagt sie. »Und abgesehen davon – wir beide halten uns ja nach wie vor an unsere Abmachung, oder nicht?«

Ich nicke hastig und beuge mich über die Aufbau-Anleitung, die aussieht wie ein unlösbares mathematisches Pfeildiagramm. Tapfer nehmen Emma und ich den Kampf mit den Stangen auf und verzweifeln fast an dem blöden System. Die Eisenstücke, die man zusammenstecken muss, sind nicht gekennzeichnet. Dadurch ist die Anleitung absolut unbrauchbar, weil wir die Zahlen nicht zuordnen können. Das Zelt ist schon uralt. Es stammt aus der Zeit, als Mama und Papa ein Paar waren und ich, wie Mama es formuliert hat, noch als diffuse Materie durchs All schwebte. Frau Willmann, die sich nach ihrem Bad ganz hinten bei den Waschräumen häuslich einrichtet, hat es offenbar genauso schwer. Grinsekatze eilt ihr zu Hilfe.

Während ich vergeblich versuche, die Spannseile zu entknoten, die an ein unentwirrbares Wollknäul erinnern, schaue ich zu Fintan hinüber. Er nimmt das Zelt, das er sich mit Ole teilen wird, aus der Tasche und wirft es in die Luft. Es macht *Flupp,* und schon landet ein fertiger Unterschlupf auf dem Boden. Nicht zu fassen.

»Krass«, sagt Rico, der auch Schwierigkeiten mit seinem Aufbau hat.

Jetzt rollt Fintan eine Isomatte aus, dreht an einem Ventil, und das Ding bläst sich in Sekundenschnelle von selbst auf.

Luisa geht mit flottem Hüftschwung zu ihm rüber. »Du bist ja ein echter Outdoor-Profi.« Wieder wirft sie total übertrieben ihre Haare zurück.

Er grinst. »Meine Eltern sind absolute Campingfreaks und deshalb ziemlich gut ausgestattet.«

»Wie sieht das Zelt denn innen aus?« Schon schiebt sie sich durch den Eingang. Fintan folgt ihr zögernd. Als ich Luisa quietschen höre, spüre ich ein komisches Brennen in der Magengegend. Emma nimmt mir den Spannseilknoten aus der Hand, und ich zucke erschrocken zusammen, weil ich gar nicht gemerkt habe, dass sie sich zu mir rübergebeugt hat. Sie reicht mir ein Säckchen mit Heringen. Während ich die Nägel ausschütte, schiele ich immer wieder zum Wurfzelt rüber. Endlich tauchen Luisa und Fintan wieder auf. Was haben die beiden so lange da drin gemacht?

»Hilf mir doch mal«, fordert Emma mich auf und geht an einer Stelle in die Knie, an der ich das Ende eines entwirrten Seilstückes im Boden befestigen soll.

Langsam, aber sicher nimmt unser Unterschlupf Gestalt

an. Es dauert noch eine ganze Weile, bis die gesamte Klasse fertig ist und auch der letzte Hering im Sandboden steckt. Unsere Mägen knurren bereits kollektiv. Zum Glück stehen im Bus jede Menge Kartons mit leckeren Dingen für ein Büfett bereit. Wir verteilen sie auf den Holztischen neben der Feuerstelle und machen uns gierig darüber her. Besonders Fintans niederländische Spezialitäten kommen gut an. Die Fleischbällchen und das Gebäck sind echt zum Niederknien. Er erzählt, dass der Cateringservice seiner Eltern in Holland sehr gut lief. Das kann ich mir vorstellen. Bestimmt können sie sich auch hier in Deutschland kaum vor Aufträgen retten.

Kapitel 12

»Wie genau sollen wir Jürgen denn dazu bringen, aktiv zu werden? Ich meine, ich kann ja schlecht zu ihm gehen und ihn auffordern, was mit Mama zu unternehmen.« Ich drehe mich zur Seite und stütze meinen Kopf auf die Hand. Die Isomatte meiner Mutter besteht aus dünnem Schaumstoff und ist knallhart. Immerhin ist der Schlafsack schön kuschelig.

Emma knipst die Taschenlampe aus, die wir zwischen uns gelegt haben. »Er bräuchte einen Hexenschuss oder so was«, überlegt sie gähnend.

Meine Augen gewöhnen sich langsam an die Dunkelheit, sodass ich die Umrisse ihres Gesichts und ein paar tanzende Schatten an der Zeltwand erkennen kann. Das Lagerfeuer draußen brennt noch. Es knistert leise.

»Du kannst ja dein Zimmer umräumen, und er soll dir helfen, den Kleiderschrank auf die andere Seite zu schieben. Vorher packen wir noch einen Stapel von meinen dicken Biobüchern rein. Das wird ihm dann so richtig in seinen angeschlagenen Rücken fahren, und er bräuchte Soforthilfe von deiner Mutter.«

Grinsend lege ich mich zurück und schließe die Augen. »Der arme Jürgen. Das ist ein blöder Plan.«

»Seine Schmerzen wären ja für einen guten Zweck«, murmelt Emma. »Aber du hast recht. Wir müssen das ohne Verletzte hinkriegen.« Sie gähnt noch einmal. »Uns wird schon was einfallen. Jetzt bin ich aber zu müde zum Denken.« Im nächsten Moment höre ich ihren gleichmäßigen Atem. Ich lausche noch eine Weile dem Plätschern des Seewassers und dem Getuschel der Jungs ein paar Zelte weiter. Irgendwann schlummere ich auch ein.

»Nein!« Bei unserem Versuch, meinen Schrank durchs Zimmer zu schieben, ist er irgendwie ins Schwanken geraten. Vielleicht sind Emmas Biobücher alle gleichzeitig verrutscht, ich weiß es nicht. Jedenfalls kann Jürgen sich in letzter Sekunde mit einem beherzten Sprung zur Seite in Sicherheit bringen. Ich nicht. Ich stemme mich gegen den Schrank, doch gegen das schwere Ding bin ich machtlos. »Nein!«, rufe ich noch einmal und halte schützend die Arme vors Gesicht, da schlagen die Holztüren schon über mir zusammen. Ich keuche. Ich kann nicht atmen.

»Verdammt, was ist das denn?«, höre ich Emmas Stimme neben mir. Emma? Wo kommt die denn plötzlich her? Benommen blinzele ich in die Dunkelheit. Schritte entfernen sich. Und irgendjemand kichert.

»Das Zelt«, schimpft Emma. »Es ist zusammengeklappt.« Ich brauche einen Moment, bis ich kapiere, dass wir noch immer auf dem Campingplatz am See sind und ich nicht die Schranktüren, sondern die Zeltplane im Gesicht habe. Mit einem Ruck setze ich mich auf. Direkt neben uns ertönt ein Kreischen und gleich danach ein unterdrücktes Lachen.

Ersteres stammt eindeutig von Amelie und Luisa und Letzteres von unseren Jungs.

»Sehr witzig«, knurrt Emma, schaltet die Taschenlampe an und versucht, den Reißverschluss unseres Eingangs ausfindig zu machen. Ich krabbele hinter ihr her ins Freie. Die Reste des Lagerfeuers flimmern noch, und der Mond scheint hell auf uns runter. Luisa und Amelie schälen sich auch gerade aus ihren platt gemachten Stofflagen. Genau wie Greta, Chloe und die anderen Mädchen aus unserer Klasse. Die Zelte der Jungs sind in einwandfreiem Zustand. Kein einziger Hering wurde aus dem Boden gezogen. Sämtliche Schnüre sind noch gespannt. Sehr verdächtig.

Leon schiebt seinen Kopf durch einen Spalt im Reißverschluss nach draußen. »Was macht ihr denn für einen Lärm? Da kann ja kein Mensch schlafen!« Sein Grinsen verrät ihn. Er weiß genau, was hier los ist.

»Ihr braucht gar nicht so zu tun, als ob ihr unschuldig seid«, beschwert sich Luisa und stemmt ihre Hände in die Hüften. »Wir wissen, dass ihr es wart.«

Das unterdrückte Kichern wird lauter, und nun lugt auch noch Matti schief grinsend aus dem Zelt. Damit ist eindeutig klar, dass die Jungs hinter dem Anschlag stecken.

»Auge um Auge, so heißt es doch, oder?«, überlegt Emma. Wir Mädchen tauschen ein paar verschwörerische Blicke aus.

»Auf sie mit Gebrüll«, verkündet Amelie schließlich, und schon gibt es kein Halten mehr.

»Wir machen sie platt!«, johlt Greta, während wir wie eine Schar Heuschrecken über die Zelte der Jungs herfallen. Eins nach dem anderen verliert die Form und klappt in sich zusammen, nur das Hightech-Teil von Fintan und Ole scheint unzerstörbar. Chloe und ich versuchen, die Stangen aus den Halterungen zu ziehen, doch sie sind eingenäht. Die beiden Jungs springen heraus und stürzen sich auf uns. Fintan packt meine Handgelenke und wirbelt mich zu Boden.

»Du weißt, ich kann Karate«, knurre ich.

Er grinst. »Ich auch.«

Keuchend suche ich nach einer Möglichkeit, mich zu befreien. Sein Griff ist jedoch so fest, dass ich darin festhänge wie eine Fliege im Spinnennetz. Aus den Augenwinkeln bemerke ich, dass es Chloe ähnlich geht. Ole liegt halb auf ihr drauf. Fintans Haare kitzeln mich an der Stirn. Mein ganzer Körper kribbelt. Wahrscheinlich bin ich in einem Ameisenhaufen gelandet.

Plötzlich steht Grinsekatze vor uns. »Ihr Chaoten«, sagt er kopfschüttelnd.

»Was ist denn hier los?«, fügt Frau Willmann hinzu, die neben ihm aufgetaucht ist. »Jetzt müssen wir mit dem Aufbauen der Zelte wieder von vorne anfangen.«

»Auf geht's.« Herr Lindner klatscht in die Hände und bringt das Feuer in Schwung, damit wir genug Licht haben.

Fintan gibt mich endlich frei. Wir rappeln uns vom Boden hoch, und ich zeige ihm meine verdreckten Arme. »Da hast du dein *Tough Mudder.*« Er schubst mich lachend, woraufhin ich ihm zur Strafe meinen Ellenbogen gegen die Brust ramme.

Es dauert eine Weile, bis das Durcheinander wieder behoben ist und alles so aussieht wie zuvor. Ein paar Mitschüler verschwinden sofort in ihren Zelten, andere bleiben noch am Feuer stehen. Ich gehöre auch dazu. Der ganze Wirbel hat mich so aufgewühlt, dass an Schlaf erst mal nicht zu denken ist.

»Dürfen wir noch ein bisschen wach bleiben?«, erkundigt sich Leon mit bettelnder Miene bei unseren Lehrern.

»Oh ja, bitte«, schließt sich Rico kauend an. Er hat sich ein Würstchen geschnappt, das noch auf einem der Tische lag.

Grinsekatze tauscht einen kurzen Blick mit Frau Willmann, bevor er nickt. »Na gut, noch eine halbe Stunde, dann geht ihr aber schlafen.«

Nachdem die beiden sich zurückgezogen haben, setzt Matti sich ans Feuer. »Wie wär's mit Wahrheit oder Pflicht?«

Die meisten von uns Übriggebliebenen nicken. Wir machen es uns neben ihm auf dem Boden gemütlich. Amelie schnappt sich ihre Wasserflasche, trinkt einen letzten Schluck daraus und platziert sie dann in unserer Mitte. »Ich fange an.« Mit einer schwungvollen Bewegung aus dem Handgelenk lässt sie die Flasche herumwirbeln, bis sie irgendwann genau zwischen Rico und Matti landet.

»Hm, also seid ihr beide zusammen dran«, sagt sie. Zögernd entscheiden die Jungs sich für Pflicht, und Amelie grinst durchtrieben. »Ihr müsst im See eine Runde um die Wette schwimmen. Jetzt sofort und nackt.«

»Was?«, beschwert sich Rico. Er blinzelt ein wenig heftiger als sonst. »Das Wasser ist doch arschkalt. Und dass wir für euch strippen, ist ja wohl echt zu viel verlangt.«

Matti nestelt sichtlich nervös an seiner Hose herum. »Find ich auch.«

Amelie seufzt. »Dann eben in euren Unterhosen, ihr Warmduscher.«

Unter unseren neugierigen Blicken ziehen sich die beiden aus.

»Habt ihr etwa die gleichen Shorts an?«, erkundigt sich Luisa grinsend. Tatsächlich. Die Jungs tragen dieselbe blaue Unterhose, die bis zur Mitte der Oberschenkel reicht und gelbe und rote Streifen hat.

Mit hochrotem Kopf zuckt Matti die Schultern. »Na und? Wir waren halt mal zusammen einkaufen.«

»Die sind ja geringelt«, feixt Amelie. »Wie niedlich.«

»Das ist Retro«, verteidigt sich Leon und hechtet dicht gefolgt von Matti zum Ufer, wo sie keuchend ins Wasser springen.

»Retro«, quietscht Greta und wir prusten alle los. Sogar die Jungs in unserer Gruppe können sich das Lachen nicht verkneifen.

»Das geschieht den beiden nur recht«, raunt Emma Chloe zu. »Lenis Mutter würde sagen: Das Karma schlägt zurück.«

»Stimmt«, bestätige ich.

Wenige Spielrunden später zeigt Luisas Flasche auf Fintan. »Ich habe keine Ringelunterhose an«, sagt er und erntet dafür empörte Blicke von Matti und Rico, die in Handtücher gewickelt wieder bei uns sitzen. »Mich kannst du also problemlos ins Wasser schicken. Deshalb nehme ich Pflicht.«

»Hm, nö«, antwortet Luisa in einem seltsamen Singsangton. »Wir hatten bisher noch keine Knutscherei, und das gehört bei dem Spiel einfach dazu. Also musst du mir jetzt einen Kuss geben.«

Was? Erschrocken reiße ich die Augen auf. Wie dreist ist das denn? Angespannt beobachte ich Fintans Reaktion.

»Okay«, sagt er und steht auf. Begleitet vom Grölen der anderen Jungs geht er zu Luisa rüber. Sie streckt ihm ihr Gesicht entgegen. Mein Herz pumpt auf einmal schneller. Er beugt sich zu ihr runter. Ich halte die Luft an. Dann haucht er ihr einen Kuss auf die Wange, und ich stoße die Luft wieder aus.

»Nee«, sagt Luisa, als er sich wieder umdrehen will. »Das ist doch keine Babyveranstaltung.« Sie tippt sich mit dem Finger auf die Lippen. »Du musst mich schon auf den Mund küssen.«

»Mann oder Memme?«, johlt Matti.

»Mit Zunge?«, wiehert Leon.

Wenn auch zögernd, beugt sich Fintan tatsächlich noch einmal runter und berührt Luisas Mund mit seinem. Es ist ein Kuss. Kurz, aber nicht so kurz wie der von uns bei der Erste-Hilfe-Übung. Mir läuft es eiskalt den Rücken runter. Als er sich wieder von ihr löst, lächelt sie triumphierend. War es die ganze Zeit schon so frisch hier draußen? Ich streiche mir über die Arme. Dabei bemerke ich Emmas Blick von der Seite und versuche, mir mein Unbehagen nicht anmerken zu lassen, aber die Lust an dem Spiel ist mir endgültig vergangen.

»Wollen wir schlafen gehen?«, frage ich Emma, und sie nickt.

Auch Greta schließt sich uns an. Nur Chloe bleibt noch sitzen.

»Sie sieht ein bisschen traurig aus«, flüstert Emma mir zu, während wir unseren Zelteingang öffnen. »Ich schätze, sie wäre gerne an Luisas Stelle gewesen. Fintan hätte natürlich Ole sein müssen.«

»Ja, vielleicht.«

Sie lässt mir den Vortritt ins Innere. »Ich hab's schon immer gesagt.«

»Was denn?«

»Na, dass man seltsam wird, wenn man verliebt ist. Die eine muss sich einen Kuss erspielen, und die andere läuft rum wie ein trauriger Tropf, weil sie keinen kriegt.«

»Mhm.« Eilig krabbele ich auf meine Matte. Ich will mich schnellstmöglich in Mamas weichen Schlafsack kuscheln und die Augen zumachen.

Kapitel 13

Am nächsten Morgen sind wir alle ziemlich müde und dementsprechend unmotiviert bei den Sportübungen, zu denen Grinsekatze uns überreden will. Als er uns schließlich vorschlägt, einmal um den See zu joggen, begeben sich die meisten von uns in Sitzstreik. Grinsekatze nimmt's gelassen und rennt mit ein paar wenigen Freiwilligen los. Ich bleibe lieber bei Emma und räume mit ihr unser Zelt zusammen.

Auf der Heimfahrt grübele ich angestrengt darüber nach, wie es jetzt weitergehen soll. Sämtliche Gedanken an Fintan schiebe ich weg. Momentan gibt es wirklich Wichtigeres.

»Gleich morgen suchen wir nach einem neuen Job für deine Mutter«, sagt Emma, kurz bevor wir die Schule erreichen. »Und dann erstellen wir einen wasserdichten Plan für Jürgen.«

»Gut. In der Zwischenzeit rede ich noch mal mit Mama und versuche, sie umzustimmen. Hoffentlich ist Papa gerade unterwegs. Er hat diese blöde Umzugsidee ja erst aufgebracht und unterstützt Mama jetzt dabei.«

Emma nickt. »Kriegst du das alleine hin oder soll ich mitkommen?«

»Das schaffe ich schon.«

Zu Hause finde ich Mama in ihrem Zimmer. Sie mistet gerade ihren Schrank aus. In einem blauen Sack zu ihren Füßen steckt bereits ein riesiger Haufen alter Klamotten. »Na, Lenchen, wie war es bei dir?«

»Schön«, antworte ich einsilbig.

Mit schmalen Augen betrachtet sie einen selbst gestrickten lila Pulli, der wegen seiner Fransen stark an eine geschmacklose Gardine erinnert. »Der kommt in die Tonne.«

»Wo ist Papa?«, erkundige ich mich und setze mich aufs Bett.

»Er musste spontan abreisen. Es tat ihm leid, dass ihr euch nicht mehr gesehen habt. Ich soll dir liebe Grüße von ihm ausrichten.« Sie lässt den Pulli in der Tüte verschwinden, und ich ziehe die Beine in den Schneidersitz.

»Hat er sich etwa wieder mit Lisa vertragen?«

Kopfschüttelnd kramt Mama eine Leggins aus der Schublade, offensichtlich ein Überbleibsel aus einem früheren Leben. Jedenfalls kann ich mir nicht vorstellen, dass türkisblau-rot gemusterte Strumpfhosen mit Universum-Print in den letzten Jahrzehnten mal in gewesen sind.

»Nein, der Haussegen hängt noch immer schief«, sagt Mama. »Aber Bernd hat heute Morgen einen Anruf von einem kranken Kollegen bekommen, der nach Südafrika fliegen sollte. Und jetzt springt er für ihn ein.«

»Ach so.« Auch nicht schlecht. Damit hat sich schon mal eines meiner Probleme gelöst. »Ich möchte nicht wegziehen«, sage ich unvermittelt, um gleich auf den Tisch zu bringen, was mir am Herzen liegt.

Mama hält inne. »Ich weiß.«

»Trotzdem entscheidest du das einfach so, ohne mich zu fragen?«

»Manchmal ist ein Tapetenwechsel genau das Richtige.«

Ich schüttele den Kopf. »Finde ich nicht.«

»Das kannst du doch gar nicht wissen. Gib Hamburg eine Chance. Betrachte es als Abenteuer, ja?« In der einen Hand hält sie einen ausgeleierten Schlüpfer, in der anderen ein Unterhemd mit verblichenem Blümchenmuster. Wenn die Situation nicht so ernst wäre, könnte ich glatt über diesen Anblick lachen.

»Ich will kein Abenteuer«, sage ich klagend. »Was ist mit meinen Freunden?«

»Du wirst neue kennenlernen. Außerdem ist Hamburg nicht allzu weit weg. Du könntest Emma ab und zu noch sehen.« Jetzt lässt sie die Unterwäsche sinken.

Verzweifelt suche ich nach Argumenten, die sie umstimmen können. »Ein Umzug mitten im Schuljahr verhagelt mir bestimmt meine Zeugnisnoten«, appelliere ich an ihre Vernunft. Immerhin habe ich in den letzten Monaten viel gelernt und meinen Schnitt sogar um eine halbe Note verbessert. Jetzt stehe ich auf einer glatten Zwei.

»Bald sind Sommerferien. Das passt zeitlich also gut.«

Mein Magen brodelt schon wieder genau wie gestern Morgen, als wir uns in die Haare gekriegt haben. »Du läufst einfach weg«, schnaube ich.

»Das tue ich nicht.«

»Tust du wohl.«

Seufzend stopft sie ihre alten Baumwollteile in den Beutel und sieht mit einem Mal so traurig aus, dass die Wut in meinem Bauch verpufft. Ich entknote meine Beine und schiebe mich vom Bett. Es macht keinen Sinn, noch weiter zu diskutieren. Mama ist störrisch wie ein Esel. Also schlurfe ich in die Wohnküche, um mir einen Apfel zu schnappen, und verkrieche mich damit in meine Hängematte. Der Regenbogenkristall zaubert fröhlich bunte Farben ins Zimmer. Bescheuertes Ding!

Offensichtlich bin ich eingeschlafen, denn als ich die Augen öffne, die ich eigentlich nur kurz zumachen wollte, dämmert es bereits. Auf dem kleinen Beistelltisch neben mir finde ich einen Zettel von Mama. Sie ist mit einer Freundin ins Kino gegangen. Der Apfel liegt noch unberührt auf meinem Bauch. Ich beiße hinein und beschließe, Emma anzurufen.

»Hey, wie lief's?«, erkundigt sie sich, und ich erzähle ihr ausführlich von Papas Abreise und dem erfolglosen Gespräch mit Mama.

»Wir müssen jetzt schnell handeln.«

Im Hintergrund ist ein Rascheln und Poltern zu hören. »Was machst du da?«, frage ich.

»Mich vor den Computer setzen. Ich gebe mal *Physiotherapie offene Stellen* ein.« Emmas Tastatur klickt leise. »Ha, da ist was.«

»Echt, wo?«

»In Schmöckwitz. Und in Lübars. Wo ist das denn?«

Seufzend lege ich den abgeknabberten Apfelstrunk neben mich. »Wahrscheinlich irgendwo in der Pampa. Versuchs mal mit meiner Postleitzahl und *Krankengymnastik Jobangebot.*«

Es dauert wieder einen Moment. »Viel gibt es nicht. Aber in einem Krankenhaus ganz in der Nähe wird eine Pflegedienstleitung gesucht und an der Uni ein Dozent für Physiotherapie.«

»Das passt nicht.« Ich stoße mich mit dem Fuß ab und schaukele hin und her. »Vielleicht wäre es wirklich besser, wenn wir in Mamas Namen eine Mail an ein paar Praxen schicken.«

»Alles klar, ich suche mal ein paar raus.«

Während ich überlege, wie so eine Anfrage aussehen könnte, balanciert Filou über das Balkongeländer und kommt schnurrend auf mich zu. »Hey, Filou«, begrüße ich ihn. Sobald ich ihn mit der Hand erreichen kann, kraule ich das weiche Fell hinter seinen Ohren. »Wir organisieren einen Job für meine Mutter, damit ich nicht wegziehen muss, weißt du?« Er sieht mich mit seinen großen grünen Augen an und miaut so herzzerreißend, als würde er heftig protestieren. Ich nicke. »Ja, ich fände das auch schrecklich, deswegen müssen Emma und ich etwas dagegen tun.« Jetzt springt er auf meinen Bauch. »Du bist ganz schön schwer, du Fellbombe«, japse ich, doch das interessiert ihn wenig. Unbeeindruckt tapst er ein paarmal im Kreis herum, lässt sich dann nieder und rollt sich zusammen. »Hey, ich bin doch kein Sofakissen.«

»Leni«, unterbricht Emma mich mit strenger Stimme, »du unterhältst dich nicht ernsthaft mit einem Kater, oder?«

»Doch, ich habe das Gefühl, er versteht mich.«

»Ich glaube, ich spinne«, ruft sie plötzlich, und ich lasse vor Schreck fast das Telefon fallen.

»Was ist denn los?«

»Bau mir bitte eine Mondrakete, mit der ich meine Schwester ins All schießen kann. Sie war wieder heimlich in meinem Zimmer. Diese freche Kröte, diese elende …«

»Wollen wir die Anfrage vielleicht lieber später schreiben?«, unterbreche ich ihre Schimpftirade, und sie seufzt.

»Gute Idee. Ich kann mir die Bewerbung von Paps' Praktikantin anschauen, etwas Ähnliches formulieren und es dir dann schicken. Schau mal nach, ob deine Mutter einen Lebenslauf hat. So was gehört, glaube ich, dazu. Die nächsten zwei Tage sind mein Onkel und meine Tante da, aber wir schreiben uns auf jeden Fall zwischendurch.«

»Alles klar.«

»Dann gehe ich jetzt mal meine kleine Schwester töten.« Sie legt auf, und ich streichele Filous weiches Fell noch eine Weile, bevor ich mir den Laptop schnappe und mich damit an meinen Schreibtisch setze. Gerade als ich den Lebenslauf in Mamas Ordner finde, den sie vor ein paar Monaten für ihre Ausbildung geschrieben hat, trudelt eine Mail von Emma ein. Sie sendet mir den Bewerbungstext, der echt professionell wirkt, und auch noch ein paar Praxisadressen. Kurzerhand schicke ich die Mail mitsamt dem Anhang dorthin. Glücklicherweise unterscheidet sich meine E-Mail-Adresse nur unwesentlich von Mamas. Vor den Nachnamen haben wir jeweils den Anfangsbuchstaben unserer Vornamen gesetzt. Niemand wird merken, dass nicht meine Mutter die Absenderin ist, sondern ich.

Zufrieden mache ich mich an die Recherche nach Yogaschulen. Wenn ich eine finde, bei der Mama ihre Ausbildungen beenden kann, wäre das ein weiterer Pluspunkt. Leider erschlägt mich das Angebot im Internet regelrecht. Offenbar gibt es in dieser Stadt kaum eine Straße ohne Yogatempel mit seltsamen Namen wie Sonne-Mond-Konvent, Kosmik-Retreat, Shiva-Yoga oder Lotusblatt. Und überall bieten sie Aus- und Weiterbildungen an. Als ich irgendwann auf einer Seite lande, die sich Kamasutra-Kreisel nennt und voller Bilder mit nackten Menschen ist, die sich seltsam verrenken und dabei auch noch gegenseitig anfassen, gebe ich es endgültig auf.

Das Wochenende wird ruhig. Ich nutze die Zeit, um zu lesen, mit Filou zu schmusen und mein Zimmer mal wieder aufzuräumen. Am Sonntagmittag leere ich meine Schultasche aus und entdecke dabei die Flyer, die der Hausmeister uns neulich zugesteckt hat. Gedankenverloren blättere ich darin herum, bis mir der Werbezettel eines Gesundheitszentrums ins Auge fällt, das in wenigen Wochen ganz in der Nähe eröffnet. Außer verschiedenen Ärzten ist auch eine Physiotherapiepraxis geplant. Sofort bin ich hellwach. Vielleicht werden ja noch Mitarbeiter gesucht? Auf der Rückseite entdecke ich sogar einen Yogatempel, ganz ohne Nacktfotos. Perfekt! Vor Freude schreibe ich sofort eine Mail mit der Bitte um genauere Infos und schicke dann auch noch der Praxis die Bewerbungsunterlagen zu.

Kapitel 14

»Und wie geht es mit Jürgen weiter?«, fragt Emma, nachdem sie mir am Montagmorgen auf dem Weg ins Klassenzimmer ausführlich von ihrem anstrengenden Onkel und der nervigen Tante berichtet hat.

»Keine Ahnung«, flüstere ich leise zurück, weil Frau Willmann in diesem Moment den Raum betritt.

»Hm.« Emma kaut an ihrem Bleistift herum. »Wenn wir einen Hexenschuss nicht hinkriegen, könnten wir ja vielleicht den Kater verschwinden lassen.«

»Du willst Filou etwas antun?«, quietsche ich empört.

»Natürlich nicht. Ich dachte eher daran, ihn im Keller zu verstecken. Dann würde Jürgen nach ihm suchen und bei euch fragen, ob ihr ihn gesehen habt. Er wäre verzweifelt und traurig, und deine Mutter müsste ihn natürlich trösten.«

»Das ist kein guter Plan.«

Unser Gespräch wird abrupt von Frau Willmann beendet, die es gar nicht lustig findet, dass wir ihren Erklärungen zum Menstruationszyklus nicht die nötige Aufmerksamkeit schenken. Also halten wir die Klappe und widmen uns den Rest der Stunde irgendwelchen heranreifenden Follikeln, Gebärmutterschleimhäuten und Eisprüngen. Während die

Jungs pausenlos blöde Sprüche klopfen, die Gesichter der meisten Mädchen in sämtlichen Rottönen leuchten und Emma zwei kunstvoll schraffierte Eileiter zeichnet, schweifen meine Gedanken immer wieder zu unserer noch fehlenden Jürgen-Mobilisierungs-Idee ab. In den nächsten Fächern sitzen wir zu weit auseinander, um uns austauschen zu können. Erst nach Schulschluss ergibt sich wieder eine Möglichkeit. Wir machen es uns auf der großen Wiese gemütlich und ziehen unsere Schuhe aus. Ganz in der Nähe versammeln sich die Jungs aus unserer Klasse, um Volleyball zu spielen. Fintan ist auch dabei. Er rauft zum Spaß mit Ole, und mir fällt auf, dass er ein schönes Lachen hat.

»Ich fände einen Schuss Romantik gut«, überlege ich.

»Für Opernkarten oder so was fehlt uns aber das Geld.« Emma zupft an einem Gänseblümchen. »Wobei, eigentlich könnte ich heimlich Florines Sparschwein köpfen. Da ist 'ne Menge drin.«

Ich boxe ihr in die Seite und krame dann mein Wurstbrot aus der Tasche. Leider stelle ich beim ersten Bissen fest, dass es steinhart und ziemlich ungenießbar ist. Mir fallen die leckeren Fleischbällchen von Fintans Eltern ein. Die würde ich jetzt gerne haben. »Ein gemeinsames Essen«, nuschele ich und versuche vergeblich, den Zementkloß in meinem Mund runterzuschlucken.

»Du meinst, so eine Art Candle-Light-Dinner?«

»Genau. Wir könnten sie beide damit überraschen. Das wäre doch romantisch.« Ich suche mit den Augen die Umgebung nach einem Mülleimer für mein Brot ab und entdecke einen neben dem Schuleingang. Gerade drehe ich den

Kopf zurück, da trifft mich etwas an der Schulter. »Autsch.« Es ist der Volleyball der Jungs.

Keuchend kommt Fintan zu uns rübergerannt. »Tut mir leid, hat's wehgetan?« Er schnappt sich den Ball.

»Nee, schon gut.«

»Du weißt, dass ich dich seit den Erste-Hilfe-Übungen am Gesundheitstag problemlos in die stabile Seitenlage bringen kann«, sagt er grinsend.

Unwillkürlich verkrampfe ich mich. Ich habe Emma nicht erzählt, dass Fintan mit mir im selben Kurs war. Bestimmt hätte sie gefragt, was genau wir dort gemacht haben, und ich wäre zwangsläufig auf die Wiederbelebungsübung gekommen.

»Nicht nötig«, sage ich schnell. »Aber mein Essen hat es erwischt.« Das Brot ist in hohem Bogen auf einem Maulwurfshügel gelandet. Fintan wirft den Ball zurück zu den Jungs und geht mein Brot aufheben.

»Apropos Essen«, kommt Emma wieder auf unser Thema zurück. »Was kochen wir zum Überraschungs-Dinner? Wir können ja schlecht zwei Pizzen bestellen. Allerdings kennst du dich nur mit Hawaiitoast aus und ich kann gerade mal Folienkartoffeln mit Quark.«

»Wen wollt ihr denn überraschen?«, erkundigt sich Fintan und überreicht mir die Überreste meines Sandwiches.

»Meine Mutter und unseren Nachbarn. Wir, ähm, wollen sie verkuppeln.« Noch während ich das sage, komme ich mir reichlich dumm vor. Das klingt bestimmt total seltsam. In wenigen Sätzen erkläre ich ihm deshalb den Grund für unseren Plan.

»Oh nein, ein Umzug wäre ja wirklich Mist.« Er sinkt neben uns ins Gras und macht ein mitfühlendes Gesicht.

Emma nickt. »Deshalb muss das Essen so richtig perfekt werden.«

Als ich mein Sandwich in ein Taschentuch wickele und es neben mich lege, kommt mir eine Idee. »Sag mal, Fintan, könntest du uns vielleicht das Rezept für diese Fleischbällchen von deinen Eltern besorgen?«

»Klar. Ich frage heute Abend danach. Vielleicht fällt ihnen auch noch was anderes ein. Immerhin kochen sie ständig für Leute.«

»Also ich mochte diese kleinen Waffeln, die wir beim Campen gegessen haben«, überlegt Emma. Sie hat sich auf den Rücken gelegt und blinzelt in die Sonne.

Fintan legt die Arme um seine angezogenen Beine. »Das waren Poffertjes mit Zuckerrübensirup. Die gehen ganz einfach mit dem Poffertjespan. Das ist eine spezielle Pfanne. Ich kann sie euch leihen, wenn ihr wollt. Wann findet das Essen denn statt?«

»Ehrlich gesagt wissen wir das noch gar nicht so genau«, antworte ich und zupfe einen Grashalm ab. »Am besten versuche ich nachher, es für Mittwoch oder Donnerstag einzufädeln. Dann dauert es nicht mehr so lange, und trotzdem bleibt uns genug Zeit für die Vorbereitungen. Mama sage ich einfach, dass ich für sie kochen will, und Jürgen locke ich unter dem Vorwand rüber, ich bräuchte seine Unterstützung für ein Referat über Pflanzen.«

»Perfekt.« Emma schaut auf ihre Uhr. »Ich muss gleich los. Meine Eltern gehen zu einem Vortrag, und ich soll Florine bei den Hausaufgaben helfen.« Sie seufzt theatralisch, reibt ihre Füße ab und schlüpft in ihre Sandalen.

»Was genau hat sie am Freitag eigentlich angestellt?«, erkundige ich mich, weil mir einfällt, dass ich vor lauter Verkupplungsplänen noch gar nicht gefragt habe, was Emma bei unserem letzten Telefonat so auf die Palme gebracht hat.

»Sie hat meinen Schrank verwüstet.«

»Wie bitte?«

Emma rollt die Augen. »Als wir beide gequatscht haben, hat Mama meine frisch gewaschene Wäsche reingebracht, und da war ein Shirt dabei, das ich gar nicht getragen hatte. Natürlich hatte ich Florine sofort in Verdacht, und als ich in meinen Schrank geguckt habe, war klar, dass sie darin rumgewühlt hat. Meine Oberteile waren ein totaler Farbensalat.«

Oje, ich weiß, dass Emma strikte Ordnung hält und sämtliche Klamotten exakt nach Farben sortiert.

»Florine hat mir später verraten, dass sie sich am Donnerstag heimlich das Top mit dem Smiley-Aufdruck geliehen hat. Dabei ist ihr wohl der Stapel vom Brett gerutscht, und sie hat ihn einfach zurückgestopft. Ständig schleicht sie in mein Zimmer, weil sie irgendwas braucht, und jedes Mal hinterlässt sie ein totales Chaos. Ich wünschte, ich wäre Einzelkind.«

Fintan nickt verständnisvoll. »Geschwister sind manchmal echt nervig.«

»Du sagst es. Hast du welche?«

»Sogar fünf.«

»Oh Gott«, stößt Emma hervor. »Ich würde mich erschießen, wenn es fünf Florines gäbe. Im Moment könnte ich die eine ja schon fast täglich erwürgen.«

Jetzt muss Fintan lachen. »Das ging mir vor Kurzem mit meinem kleinen Bruder Joris auch so.«

»Was hat er angestellt?«

»Er hat jeden Abend vor dem Schlafengehen seine Socken bei mir im Zimmer ausgezogen und liegen lassen. Irgendwann hat's mir im wahrsten Sinn des Wortes gestunken! Aber egal, was ich zu ihm gesagt habe, er hat einfach nicht damit aufgehört.«

»Das kenne ich«, seufzt Emma. »Florine interessiert sich auch nicht die Bohne für mein Recht auf Privatsphäre. Ich weiß echt nicht, was ich noch tun soll.«

»Wie hast du denn das Problem mit deinem Bruder gelöst?«, erkundige ich mich bei Fintan.

»Ich hab ihn mit seinen eigenen Waffen geschlagen und jede Menge Stinkekäse in seinem Zimmer verteilt. Ganz besonders geärgert hat er sich über das Stück unter seinem Kissen. Der Gestank hing tagelang darin fest.«

»Igitt«, fiepe ich und schüttele angewidert den Kopf. »Auf so eine Idee muss man erst mal kommen.«

Fintans breites Grinsen verrät mir, dass es ihm großen Spaß gemacht hat. »Ja, und vor allem war es total erfolgreich. Joris hat seitdem nie wieder etwas bei mir liegen gelassen.«

Grübelnd reibt sich Emma das Kinn. »Ich glaube nicht, dass es was bringt, wenn ich es Florine mit gleicher Münze heimzahle. Wahrscheinlich würde sie nicht mal bemerken, dass ich an ihrem Schrank war. Sie ist die Unordnung in Person.«

»Vielleicht musst du ja kreativer werden«, überlegt Fintan, löst seine Arme von den Knien und steht auf.

Auch Emma springt auf. »Kreativer? Quatsch!« Sie hält mir ihre Hand hin und zieht mich hoch. »Ich bräuchte nur endlich einen Schlüssel für mein Zimmer oder zumindest für den Kleiderschrank.«

»Den hast du aber leider nicht«, gebe ich zu bedenken, woraufhin sie mir die Zunge rausstreckt.

»Richtig erkannt, du Schlaumeier.«

»Wie wäre es denn mit einer kleinen Alarmanlage in der Schranktür?«, schlägt Fintan vor. Wir laufen noch ein Stück zusammen über den Rasen. »Du schaltest sie einfach an, wenn du weggehst. Es gibt ganz simple Modelle im Baumarkt.«

Emma beginnt zu grinsen. »Keine schlechte Idee. Florine würde wahrscheinlich einen Herzinfarkt kriegen, wenn sie das nächste Mal ungefragt an meine Sachen geht.«

»Einen Versuch ist es wert.« Fintan hebt die Hand und schließt sich wieder dem Volleyballspiel an.

»Du hast mir gar nichts von dem Training mit der stabilen Seitenlage erzählt«, sagt Emma vorwurfsvoll, als wir unsere Radschlösser öffnen.

»Äh, ja, hab ich total vergessen«, nuschele ich und schwinge mich auf den Sattel.

Während der Fahrt wirft sie mir immer wieder kritische Blicke zu, die mein schlechtes Gewissen noch größer machen, als es ohnehin schon ist. Zum Glück erreichen wir nach wenigen Minuten die Kreuzung, an der sich unsere Wege trennen.

Zu Hause checke ich sofort meine Mails, finde aber weder eine Antwort vom Gesundheitszentrum noch von einer der Praxen in meinem Postfach. Hoffentlich meldet sich bald jemand. Das Warten ist kaum auszuhalten. Ich überlege gerade, ob ich noch nach Rezepten für das Candle-Light-Dinner suchen soll, da erscheint Mama mit einer DVD in der Tür und schlägt einen gemütlichen Fernsehabend vor.

Am nächsten Morgen wartet Emma bereits ungeduldig vor der Schule. »Da bist du ja endlich.«

Ich schaue verwirrt auf die Uhr. »Was ist denn? Ich bin doch total pünktlich.«

Mit leuchtenden Augen macht sie einen Schritt auf mich zu. »Auf der Fahrt hierher habe ich einen Aushang gesehen.«

»Aha, und deswegen machst du so einen Wirbel?«

Sie schnaubt. »Ich bin ja noch nicht fertig. Der Zettel klebte am Eingang einer Physiotherapie-Praxis. Und darauf stand: Dringend Aushilfe gesucht. Es war noch geschlossen, sonst wäre ich natürlich sofort reingegangen, um nachzuhaken.«

»Oh Mann, das ist ja super.«

Natürlich beschließen wir, gleich nach der Schule hinzufahren und uns das Ganze anzuschauen.

Der Unterricht zieht sich in die Länge wie ein zäher Kaugummi. Hibbelig rutsche ich auf meinem Stuhl herum und kann mich kaum konzentrieren. Ich überlege die ganze Zeit, wie die Praxis wohl aussieht und ob wir dort wirklich einen Job für Mama finden werden.

Kaum ist die letzte Stunde vorbei, stürme ich raus.

»Jetzt warte doch mal«, beschwert sich Emma, aber ich bin viel zu aufgeregt, um mich im Schneckentempo fortzubewegen.

Keine zehn Minuten später erreichen wir den kleinen Laden. Die Fassade besteht aus einem bodentiefen Fenster, hinter dem sich jede Menge Grünpflanzen aneinanderreihen. Wenn Jürgen das sehen würde, wäre er sicherlich total begeistert. Neben der Klingel klebt der Zettel, den Emma heute Morgen gesehen hat, und über der Tür hängt ein weißes Schild mit der geschwungenen Aufschrift *Physio am Eck*.

»Nichts wie rein.« Ich drücke die Klinke runter. Ein Glöckchen kündigt uns an, und hinter der Theke strahlt uns eine junge Frau entgegen. »Hallo, kann ich euch helfen? Wollt ihr einen Termin machen?«

Ich schüttele den Kopf. »Nein, ähm, wir haben Ihren Aushang gesehen. Ist der Job noch zu haben?«

Die Frau mustert mich skeptisch. »Tja, weißt du, ich suche zwar eine Aushilfe, aber du bist dafür noch ein bisschen zu jung.«

»Es geht um meine Mutter.«

Hinter uns öffnet sich die Tür, und ein älterer Mann betritt den Wartebereich der Praxis.

»Hallo, Herr Pfitzke«, begrüßt die Frau ihn. »Gehen Sie schon mal in den Behandlungsraum, ich mache noch schnell die Moorpackung im Wasserbad warm.«

Der Mann nickt und verschwindet in einem Zimmer, woraufhin die Frau in eine Küche geht und uns zu sich winkt.

»Hat deine Mutter denn Erfahrung?«, erkundigt sie sich und schnappt sich eine Tüte mit einer bräunlichen Substanz.

»Ja, sie arbeitet schon jahrelang in dem Bereich.« Ich überlege, ob ich auch die angefangene Yogalehrerausbildung ins Spiel bringen soll, da redet die Frau schon weiter.

»Das ist gut. Und wieso stellt sie sich nicht selbst vor?«

»Na ja, wir wollten vorab schon mal nach den Konditionen fragen«, antwortet Emma. Überrascht schiele ich zu ihr rüber. Sie drückt sich mal wieder wie eine Erwachsene aus. Ich bewundere sie für ihr Auftreten. Wenn sie irgendwann die Lust an den Naturwissenschaften verliert und doch nicht Ärztin werden will, hat sie sicherlich auch als Anwältin Chancen.

»Nach den Konditionen, soso«, erwidert die Frau grinsend. »Tja, also ich bräuchte jemanden, der einmal die Woche Zeit hat.«

»Einmal die Woche?«, wiederhole ich skeptisch. Das klingt nicht gerade nach einer Vollzeitstelle. Noch nicht mal nach einem Halbtagsjob. Die Frau stellt einen Knopf an dem topfähnlichen Gerät an, in das sie die braune Tüte gelegt hat. Dann öffnet sie eine schmale Holztür, hinter der sich eine Kammer verbirgt, und zeigt hinein. Die Kammer ist vollgestopft mit Reinigungsmitteln, Lappen, Wischern und einem Staubsauger. »Deine Mutter bräuchte nichts mitzubringen. Ich habe alles da.« Die Frau schließt die Tür wieder.

»Das ist ein Missverständnis«, vermeldet Emma. »Es geht um den Job als Physiotherapeutin.«

»Da habt ihr meinen Aushang wohl nicht richtig gelesen. Ich brauche eine Putzfrau.«

»Eine Putzfrau?«, wiederhole ich fassungslos.

Die Frau nickt und macht sich auf den Weg zum Behandlungszimmer. »Wenn deine Mutter interessiert ist, kann sie sich gerne melden. Ich zahle den Mindestlohn. Und nun entschuldigt, ich muss zu meinem Patienten.«

Mit hängenden Schultern verlassen Emma und ich die Praxis. Im Vorbeigehen nehme ich mir den Zettel neben der Klingel genauer vor, und tatsächlich steht unter »Dringend Aushilfe gesucht« in kleiner Schrift »die meine Putzfee sein möchte«.

»Mann, war das ein Reinfall.« Ich seufze frustriert und steige auf meinen Sattel. »Die ganze Aufregung völlig umsonst.«

»Tut mir leid«, murmelt Emma.

»Braucht es nicht. Ich hab ja selbst nicht richtig geschaut.«

Auf der Heimfahrt überlege ich, dass sie vielleicht doch keine so gute Anwältin wäre. Immerhin müsste sie ein gutes Auge fürs Kleingedruckte haben, um ihre Klienten vor so doofen Situationen wie der gerade eben zu bewahren.

Kapitel 15

Etwas Gutes ist gestern aber doch noch passiert: Ich konnte mit Mama und Jürgen einen Termin festlegen. Morgen Abend steigt das Dinner. Nach meinem Training heute werden Emma und ich einkaufen gehen und morgen dann alles vorbereiten, bevor die beiden kommen. Mama will um halb sechs zu Hause sein, und weil sie sich meistens verspätet, habe ich Jürgen für sechs Uhr bestellt.

»Übrigens ist ein Wunder geschehen«, erzählt Emma, als wir uns in der großen Pause auf den Weg zur Mensa machen. Wir wollen schnell etwas holen und uns dann raussetzen, um das Menü zu planen. »Florine und ich haben einen ganzen Tag lang mal nicht gestritten.«

»Ernsthaft?« Das fällt definitiv unter die Kategorie Wunder.

Sie grinst verschmitzt und zeigt auf Fintan, der zusammen mit Matti und Ole durch den Flur schlendert. »Ich habe seinen Rat befolgt und gestern eine Alarmanlage besorgt. Abends hat Florine dann den Schock ihres Lebens gekriegt. Ich hab gerade geduscht, als das Ding losging. Manometer, macht das vielleicht Lärm. Zum Glück waren meine Eltern noch nicht da.« Sie kichert. »Ich also raus aus der Dusche, rein ins Handtuch, raus in den Flur, rein in mein Zimmer. Da stand Florine wie festgefroren vor meinem Schrank und hielt sich die Ohren zu. Ich hab das Ding dann ausgeschaltet und mich halb totgelacht, weil Florine blass wie ein Gespenst war. Irgendwann hat sie mitgelacht und später geschworen, dass sie in Zukunft fragt, bevor sie sich was ausleiht. Daraufhin haben wir eine Runde Monopoly gespielt.«

»Klingt nach einem Erfolg.«

»Das war es. Und wir hatten echt Spaß zusammen. Nur hat Florine sich leider ein bisschen am Popcorn überfressen. Heute hat sie Durchfall und musste zu Hause bleiben. Aber ich bin mir sicher, dass mein Kleiderschrank noch genauso aufgeräumt ist wie heute Morgen, wenn ich nachher heimkomme.«

Der Duft von Kartoffelsuppe weht uns durch den Flur entgegen. Emma verzieht das Gesicht. »Ich habe gar keinen Hunger. Mein Bauch tut ein bisschen weh.«

»Hast du vielleicht genauso viel gefuttert wie deine Schwester?«, ziehe ich sie auf. Sie zuckt die Schultern, und weil ich auch keinen großen Appetit habe, hole ich mir nur etwas Obst und begleite sie in den Hof.

»Gut, dann mal los«, beginne ich, nachdem wir es uns unter einem Baum gemütlich gemacht haben. »Als Vorspeise können wir einen gemischten Salat machen.«

Emma nickt, nippt an ihrer Wasserflasche und mustert leicht angewidert die Banane, die ich gerade schäle.

»Wie wäre es danach mit einer Tapasplatte?«, fahre ich fort. »Das kann man dann schon vorbereiten.«

»Gute Idee«, sagt sie und wischt sich über den Mund.

»Hey.« Fintan und Ole grüßen uns im Vorbeigehen, und ich ergreife gleich die Gelegenheit, um mich nach dem versprochenen Rezept zu erkundigen. »Sag mal, konntest du die Zutaten für die Fleischbällchen rauskriegen?«

»Klar, ich hab sie in meinem Handy gespeichert. Gib mir deine Nummer, ich schicke sie dir.«

Weil Ole sich kurzerhand zu uns setzt und sein Sandwich auspackt, macht auch Fintan es sich im Gras gemütlich. Nachdem er die Textnachricht mit dem Rezept abgeschickt hat, holt er eine Box aus seiner Tasche und öffnet sie. »Zufälligerweise habe ich ein paar davon dabei. Reste vom Abendessen gestern.« Auffordernd streckt er mir einen Kloß entgegen und bietet auch Emma einen an.

Mit einem Mal wird sie ganz blass und schüttelt den Kopf. »Mach das bitte weg, mir wird schon beim Gedanken an Fleisch schlecht.«

»Du wirst doch nicht auch krank?« Beunruhigt streiche ich ihr über den Rücken.

Sie verzieht das Gesicht. »Keine Ahnung, aber ich glaube, ich kann gerade kein Essen sehen und auch nicht drüber sprechen.« Mit einem deutlich schlechten Gewissen schaut sie mich an. »Tut mir leid! Meinst du, du kriegst den Einkauf nachher ohne mich hin?«

»Klar.« Natürlich wäre es mir lieber, sie dabeizuhaben. Ich sehe mich schon völlig ratlos vor den Regalen stehen. Das Menü soll perfekt sein, und ich habe gerade mal ein paar vage Ideen dafür.

Emma fasst sich an den Bauch. »Ich gehe jetzt nach

Hause und lege mich hin. Falls es besser wird, hole ich dich später vom Sport ab und komme doch mit zum Einkaufen.«

»Okay.« Ein bisschen bedröppelt schaue ich ihr hinterher.

Leider taucht Emma nach dem Training nicht auf. Ich schreibe ihr eine Nachricht und verstaue mein Handy in der Tasche im Fahrradkorb.

»Emma hat's wohl erwischt«, sagt Fintan, während wir genau wie neulich unsere Räder nebeneinander auf die Straße schieben. »Soll ich dich zum Einkaufen begleiten?«

Unwillkürlich mache ich eine abwehrende Handbewegung. »Nicht nötig.«

»Ach komm«, drängt er. »Zu zweit macht das doch viel mehr Spaß. Außerdem bin ich nur froh, wenn ich noch nicht zurück zu meinen verrückten Geschwistern ins Irrenhaus muss.«

Ich schiele zu ihm rüber und muss grinsen, weil er so nett lächelt. Warum sollte er eigentlich nicht mitkommen?

Wenig später erreichen wir den Supermarkt, und ich ziehe meinen Zettel hervor. Nachdem Emma vorhin gegangen ist, habe ich noch alleine nach Häppchen gegoogelt. »Wir brauchen Salat und Gemüse für die Vorspeise und dann alles Mögliche für den Tapasteller«, beginne ich. »Keine Ahnung, ob das alles schmeckt. Das meiste hab ich noch nie gegessen.«

»Mit Fingerfood kenne ich mich ein bisschen aus«, beruhigt mich Fintan. »Meine Eltern machen schließlich ständig Platten und Dips für ihre Kunden.«

Leicht überfordert stehe ich im Laden vor den Auslagen. »Wir brauchen Oliven und Chorizo, was auch immer das ist.«

»Eine spanische Salami«, klärt Fintan mich auf.

»Okay, außerdem noch Käse, grüne Spitzpaprika und haben die hier Koriander? Wie sieht der überhaupt aus?« Seufzend sehe ich mich um. Emma wüsste das sicher.

Fintan lacht über meine wachsende Verzweiflung und reißt mir die Liste aus der Hand. »Weiß ich auch nicht, aber ich glaube, dass man bei Tapas zusammenstellen kann, was man will.«

»Aha.« Skeptisch folge ich ihm, während er unseren Einkaufskorb mit allem möglichen Gemüse vollstopft.

»Fang!«, ruft er irgendwann, und ich kann in letzter Sekunde die Orange schnappen, die er mir zuwirft.

»Hey, fast wäre sie auf dem Boden gelandet und zu Saft geworden«, beschwere ich mich und lege sie vorsichtig in den Korb. »Aber das bringt mich auf eine Idee. Wir können als Aperitif einen Fruchtcocktail mixen.«

Fintan nickt, legt mehrere Birnen und Kiwis in den Korb, zieht dann irgendein Kräuterbüschel aus einer Schale und hält es sich wie einen Bart über die Oberlippe. Aus zwei Paar Kirschen bastelt er sich rote Ohrringe und sieht mich so schräg an, dass ich lachen muss.

»Ich dachte, du wolltest nicht heim, weil da das Irrenhaus wartet. Und jetzt machst du hier einen auf durchgeknalltes Gemüsemonster?«, ziehe ich ihn auf.

»Ganz genau. Ich kann eben nicht aus meiner Haut. Wuahh.« Er hechtet auf mich zu, und ich rase quiekend in die Reihe mit den Konserven, hänge ihn ab und verstecke mich im nächsten Gang hinter einem Stapel von Klorollen. So ein verrückter Freak, denke ich und stoße vor Schreck einen kleinen Schrei aus, als sich von hinten eine Hand auf meine Schulter legt.

»Hab dich«, raunt Fintan. Die Kirschen sind weg, dafür hat er einen Eimer auf dem Kopf. Ich pruste los und schnappe mir mit der freien Hand einen kleinen Besen, um ihm damit eins überzubraten. Leider erscheint genau in dem Moment eine Verkäuferin, die unserem Spaß ein Ende setzt. Grinsend räumen wir Eimer und Besen wieder auf und spazieren zurück in die Gemüseabteilung, wo wir unseren Korb mit weiteren Kleinigkeiten füllen.

»Das hat Spaß gemacht«, sage ich, als wir wenig später die vollgestopfte Einkaufstasche zu den Rädern bringen. Ich versuche, das warme Gefühl zu ignorieren, das sich in meinem Bauch ausbreitet. Es kitzelt mich ein bisschen und lässt mein Herz schneller schlagen, so als hätte ich gerade eine von Mikes Aufwärmphasen hinter mir.

»Fand ich auch. Und ähm, falls Emma ernsthaft krank ist und morgen Nachmittag ausfällt, komme ich gerne mit zu dir und helfe bei den Vorbereitungen. In jedem Fall bringe ich dir aber die Poffertjes-Pfanne mit in die Schule.«

»Super.« Ich hebe die Hand. »Also, bis dann.«

Emma hat es voll erwischt. Sie liegt mit einer waschechten Magen-Darm-Grippe im Bett. Florines Bauchschmerzen kamen also nicht vom Popcorn, das die beiden am Spieleabend gefuttert haben, und Emmas Übelkeit gestern hatte auch nichts damit zu tun. Vorhin habe ich kurz überlegt, ob ich das Candle-Light-Dinner lieber verschieben und warten soll, bis es ihr besser geht. Aber weil die Zeit rennt und sämtliche Zutaten schon eingekauft sind, habe ich mich schließlich dagegen entschieden.

»Schöne Wohnung habt ihr.« Gekonnt schnippelt Fintan Tomaten, Paprika und Radieschen klein. Es ist komisch und schön zugleich, dass er hier ist. Nach dem Unterricht hat er mir die Pfanne gegeben und sein Angebot von gestern wiederholt, und ich habe es kurzerhand angenommen. Ich wollte nicht alleine in der Küche stehen. Das Essen muss unbedingt gut werden. Was, wenn ich, ohne es zu merken, den Salat versalze oder zu viel Chili in die Tapassoße schütte? Abgesehen davon bin ich gerne mit ihm zusammen. Mein Kopf wird heiß, und ich reiße die kleine Dachluke über der Spüle auf, bevor ich die gewaschenen Salatblätter in einem Sieb abtropfen lasse.

»Bis auf das Knallorange gefällt's mir hier auch.« Ich tippe an die Wand, und Fintan grinst.

»Könnte schlimmer sein. Meine große Schwester Edda hatte letztes Jahr eine Emo-Phase. Sie hat sich die Haare schwarz gefärbt, die Augen ganz dunkel geschminkt und hatte nur noch schwarze Klamotten an, und rate mal, wie sie ihr Zimmer gestrichen hat.«

»Schwarz vielleicht?«

»Genau. Da hat man schon Depressionen gekriegt, wenn man nur vom Flur aus reingeguckt hat.«

»Das kann ich mir vorstellen.« Ich kichere. »So gesehen hatte ich mit Mamas Orange-Fimmel ja noch richtig Glück.«

»Allerdings.«

Wir mischen den Salat zusammen und bereiten die Soßen und ein paar Spieße vor. Dafür müssen wir nur die Shrimps anbraten, die wir gestern an der Fischtheke gekauft haben, und sie mit Käse und Oliven auf Holzspieße stecken. Das geht leichter als gedacht. Danach belegen wir mehrere Weißbrotscheiben mit Schinken und brutzeln Kartoffeln in Olivenöl an.

Fintans Mutter war so nett und hat ihm ein paar Fleischbällchen mitgegeben, die sie noch eingefroren hatte, sodass wir nun keine mehr selbst machen müssen. Ich schäle das Obst und schmeiße es in den Mixer. Den Fruchtcocktail schütte ich in zwei hübsche Weingläser und verstaue sie im Kühlschrank. Den Rest vom selbst gemachten Saft lassen Fintan und ich uns schmecken.

Zum Schluss widmen wir uns dem Nachtisch. Weil es heute so heiß ist, müssen wir die Poffertjes nachher nicht unbedingt warm servieren, sondern können sie jetzt schon vorbereiten. Fintan schlägt die Eier schaumig und gibt das Mehl hinzu. Ich reiche ihm die Hefe, lauwarme Milch und den Zucker, bevor ich die Spezialpfanne auf den Herd stelle. Als wir die erste Portion Teigmasse in die Vertiefungen schütten, klingelt mein Telefon. Ich drücke Fintan die Schöpfkelle in die Hand und greife nach dem Handy. Es ist Emma.

»Hey, wie läuft's?«, fragt sie matt.

»Super. Fintan hilft mir. Ich hoffe, das ist okay?« Ich habe meine Stimme gesenkt, damit er mich nicht hören kann.

»Äh, klar.«

»Wie geht es dir denn?«

Sie grunzt entnervt. »Florine und ich kommen kaum vom Klo runter.«

»Ach du Scheiße.«

»Im wahrsten Sinn des Wortes. Hast du schon was von einer der Physiotherapie-Praxen gehört?«

»Ups, ich habe heute noch gar nicht geschaut.« Das habe ich glatt vergessen. Natürlich muss ich es sofort nachholen, also flitze ich in mein Zimmer und fahre den Laptop hoch. Und tatsächlich blinkt in meinem Postfach eine neue Nachricht.

»Das glaub ich nicht!«, quietsche ich, nachdem ich den Text überflogen habe.

»Was? Was?«, drängt Emma.

»Die Praxis aus dem neuen Zentrum hat geantwortet. Sie suchen Mitarbeiter, und zwar Fachpersonal. Sie wollen Mama kennenlernen, weil ihnen der Lebenslauf gefällt.«

»Das wird also definitiv kein Putzfee-Reinfall!«, jubelt Emma. »Wenn das Essen heute gut klappt, haben wir es fast geschafft.«

Yippie! Vor Freude hüpfe ich ein paarmal auf und ab. »Ich rufe dich morgen an und erzähle dir alles. Werd' schnell wieder gesund.«

»Ich versuch's.«

Fintan taucht hinter mir auf, und bevor ich darüber nachdenken kann, umarme ich ihn. »Meine Mutter hat vielleicht einen Job.«

»Genial!« Er drückt mich fest, und ich atme tief ein. Als mir klar wird, dass wir eng umschlungen dastehen, lockere ich meinen Griff. Plötzlich riecht es verbrannt. Mist, die Poffertjes. Wir rennen in die Küche und ziehen die Pfanne vom Herd. Es dampft gewaltig, und ich befürchte schon, dass der Rauchmelder losgeht, doch Fintan schnappt sich geistesgegenwärtig ein Geschirrtuch und wedelt so lange damit herum, bis sich die Schwaden verzogen haben.

»Irgendwie ziehst du Unfälle magisch an«, keucht er.

»Haha, tue ich gar nicht.« Ich schütte die verkohlten Küchlein in den Müll und gebe eine neue Portion Teig in die Pfanne. Die nächste Fuhre gelingt zum Glück, sodass wir wenig später die goldbraunen Poffertjes mit Sirup verzieren können.

»Hey, hier findet gleich ein romantisches Candle-Light-Dinner statt, kein Kindergeburtstag.« Kopfschüttelnd deute ich auf die Smiley-Gesichter, die Fintan mit der klebrigen Masse drauftupft.

»Na gut. Besser so?« Er formt ein Herz, schnappt sich das Küchlein und schiebt es mir in den Mund.

»Ähm, ja«, nuschele ich. Es ist mir ein bisschen unangenehm, dass meine Wangen anfangen zu glühen. In meinem Bauch spüre ich wieder dieses komische Kribbeln, das ich auch gestern nach dem Einkauf vor dem Supermarkt hatte. Es ist warm und weich, und am liebsten würde ich genauso blöd grinsen wie die bemalten Poffertjes vor mir. Gleichzeitig plagt mich ein schlechtes Gewissen. Ich habe hier jede Menge Spaß, während Emma zu Hause liegt und leidet. Das ist nicht fair.

Kapitel 16

Um kurz vor sechs höre ich den Schlüssel in der Tür. Wie vermutet ist Mama nicht ganz pünktlich. Fintan und ich haben draußen die Lichterkette eingesteckt und die Mückenkerze angezündet. Es soll für romantische Stimmung sorgen, auch wenn es noch gar nicht dunkel ist. Außerdem habe ich den Terrassentisch gedeckt und hübsche Servietten verteilt. Fintan hat die beiden Saftgläser noch mit Ananasschnitzen verziert und zwei bunte Schirmchen hineingesteckt. Sie sehen aus wie diese Papierschirme aus den Eiscafés, nur sind sie aus Plastik. Ich habe Fintan wohl etwas komisch angeschaut, als er die Dinger aus seiner Tasche geholt hat, denn er erklärte mir schief grinsend, sie würden aus der Barbiesammlung seiner Schwester stammen. Er muss sie in den nächsten Tagen wieder unauffällig zurückschmuggeln, damit es keine Tränen gibt. Ich habe laut losgeprustet und mich gleichzeitig geehrt gefühlt, weil er die Puppenstube seiner Schwester für mich beraubt hat.

»Ich bin da«, flötet Mama durch den Flur. »Lenchen, ich muss mit dir reden.« Sie kommt in die Wohnküche und mustert Fintan verblüfft, denn natürlich hat sie ihn hier nicht vermutet. Sie kennt ihn ja noch nicht mal.

»Hallo, ich bin Fintan, Lenis neuer Klassenkamerad«, stellt er sich höflich vor.

»Schön, dich kennenzulernen. Ich bin Sibylle.« Sie streckt ihm die Hand entgegen und wirft einen Blick über seine Schulter nach draußen. »Das sieht ja toll aus.«

Ich nicke stolz. »Fintan hat mir geholfen.«

»Wie nett.« Mama ist anzusehen, dass sie sich ein bisschen über den Gast wundert. »Ich gehe schnell duschen und bin gleich wieder da.«

Kurz darauf klingelt es an der Tür. Mit klopfendem Herzen öffne ich Jürgen, der mit drei Botanikbüchern im Arm vor mir steht.

»Hey, Leni, ich habe überlegt, dass wir auch bei mir lernen können. Da ist mehr Platz.« Vorsichtig schielt er an mir vorbei in den Flur und begrüßt Fintan mit einem Kopfnicken. »Bei euch ist vielleicht zu viel los.«

»Ganz und gar nicht. Komm rein.«

»Wir haben frischen Saft gemacht«, sagt Fintan, lotst ihn raus auf die Terrasse, nimmt ihm die Bücher ab und drückt ihm ein Glas in die Hand.

Überrumpelt nippt er daran. »Schmeckt lecker.«

»Ach, hallo, Jürgen.« Mama erscheint in einem hübschen Sommerkleid und mit tropfenden Haaren auf der Türschwelle. Sie tritt zu uns raus und sieht mich fragend an. Ich kann mir denken, dass sie das alles sehr seltsam findet, weil sie eigentlich mit einem Mutter-Tochter-Abend gerechnet hat.

Fintan reicht auch ihr einen alkoholfreien Barbie-Cocktail, und ich mache eine einladende Geste mit der Hand.

»Dann setzt euch bitte. Es geht mit Salat als Vorspeise los.«

»Moment mal, ich verstehe das nicht ganz«, schaltet sich Jürgen ein. »Du wolltest doch mit mir für ein Referat lernen.« Er stellt sein Glas ab, und für einen Augenblick bekomme ich Panik, dass er wieder verschwindet, wenn er kapiert, dass ich ihn angeschwindelt habe.

»Das war nur ein Vorwand«, kommt Fintan mir zur Hilfe. »Emma und Leni wollten Ihnen beiden eigentlich einen schönen Abend machen, damit Sie, na ja, vielleicht die Friedenspfeife rauchen.«

Ich lächele ihm dankbar zu. »Genau, und weil Emma krank geworden ist, haben Fintan und ich das Menü vorbereitet.« Flehend schaue ich Mama und Jürgen an, die mich beide mit gerunzelter Stirn mustern. Dann nickt meine Mutter zaghaft, und Jürgen zuckt die Schultern. Als sie sich hinsetzen, verteile ich erleichtert den Salat.

»Guten Appetit«, sagt Fintan und zieht mich mit sich in die Wohnküche. Von da dort aus beobachte ich angespannt, wie Mama mit dem Essen beginnt und Jürgen es ihr gleichtut. Der erste Schritt ist also getan.

»Wir warten noch bis zum Hauptgang und verschwinden dann besser«, schlägt Fintan vor.

Ich nicke. Um mich abzulenken, gehe ich zur Spüle, lasse warmes Wasser einlaufen und beginne damit, die Poffertjes-Pfanne abzuwaschen.

»Was machen sie jetzt?«, frage ich nervös. Zum bestimmt fünften Mal beuge ich mich über den Küchentisch, damit ich Mama und Jürgen besser sehen kann. Ihre Saftgläser sind schon halb leer, genau wie die Salatteller. Mama lächelt, und Jürgen sieht ihr tief in die Augen. Das ist ein gutes Zeichen.

»Das Gleiche wie vor einer halben Minute. Sie essen und unterhalten sich.« Grinsend nimmt Fintan mir die Pfanne aus der Hand, die ich seit gefühlten zwanzig Minuten im Spülbecken schrubbe. »Zeit für die Tapas«, sagt er. »Die Poffertjes stellen wir am besten gleich dazu, damit wir nicht weiter stören müssen.«

»Okay.« Ich weiß, dass er recht hat. Ein Dinner ist sicher halb so romantisch, wenn zwei Jugendliche im Hintergrund lauern und jede Bewegung genauestens analysieren oder es zumindest versuchen.

»Bernd ist mein Exmann«, erklärt Mama gerade, als Fintan und ich über die Schwelle nach draußen treten. »Wir leben schon lange getrennt. Jetzt ist er wieder abgereist.«

»Oh, das, ähm, war mir nicht klar.« Jürgen atmet hörbar aus.

Am liebsten würde ich das auch. Er hat also wirklich vermutet, dass meine Eltern noch ein Paar sind, und sich deshalb so komisch verhalten. Manometer, da müssen wir erst so einen Romantik-Aufriss machen, damit das mal richtiggestellt wird.

»Es schmeckt super«, sagt er zu mir und hält anerkennend den Daumen nach oben. »Auch wenn du mich unter Vorspiegelung falscher Tatsachen hierhergelockt hast.«

»Darüber sprechen wir noch«, fügt Mama hinzu. Doch die rosa gefärbten Wangen verraten mir, dass sie den Abend genießt. Mit großen Augen betrachtet sie erst die Platte in meinen Händen und dann die verzierten Poffertjes, die Fintan auf dem Beistelltisch ablegt. »Das ist wahnsinnig toll. Wollt ihr denn gar nichts essen?«

Ich schüttele den Kopf. Im Moment bin ich viel zu aufgeregt, um was runterzukriegen. Außerdem sollen die beiden ihre Ruhe haben.

»Müsst ihr wirklich wegziehen?«, erkundigt sich Jürgen, als Fintan und ich den Rückzug antreten. Aha, das hat Mama ihm also auch schon erzählt. Ich beiße mir auf die Unterlippe, um nicht sofort einzuwerfen, dass sie hier die Einzige ist, die diesen bescheuerten Hamburg-Plan gut findet. Zum Glück schaffe ich es, die Klappe zu halten. Es wäre bestimmt nicht hilfreich, wenn ich jetzt schlechte Laune verbreite.

»Ich fände das sehr schade. Wir sind doch gerade erst Nachbarn geworden«, fährt Jürgen fort, während er ihr ein paar Stücke Melone mit Schinken auftut. »Außerdem würde ich dich gerne besser kennenlernen.«

Geschmeichelt fährt sich Mama durch die Haare.

»Euer Plan scheint aufzugehen«, bemerkt Fintan in der Küche.

Hibbelig trete ich von einem Bein aufs andere. »Was machen wir jetzt? Sollen wir in mein Zimmer gehen?« Weil ich mich bei dem Gedanken sofort ein bisschen komisch fühle, werfe ich schnell nach: »Du kannst auch nach Hause gehen, wenn du willst. Du hast mir schon so viel geholfen und wir können jetzt sowieso nichts mehr machen.«

Fast bin ich erleichtert, als Fintan den Kopf schüttelt. »Nee, du brauchst definitiv ein bisschen frische Luft. Schreib deiner Mutter einen Zettel, dass du noch eine Runde rausgehst.«

Das lasse ich mir nicht zweimal sagen. Hier drinnen werde ich nämlich noch verrückt. Ich linse ein letztes Mal auf die Terrasse, wo Jürgen seine Hand auf Mamas Arm gelegt hat. Dann kritzele ich eine Nachricht auf den Block am Kühlschrank und folge Fintan in den Hausflur.

»Meinst du echt, der Verkupplungsplan klappt?« Nervös kaue ich auf meiner Unterlippe herum und weiche einem Hund mit Herrchen aus, der spontan beschließt, mitten auf dem Gehweg sein Geschäft zu machen. Also der Hund, nicht das Herrchen natürlich.

»Ich kann zwar nicht hellsehen, aber für mich sah es ganz danach aus.«

»Oh Mann, das wäre so toll.« Wenn zwischen Jürgen und Mama tatsächlich die Funken sprühen und das Vorstellungsgespräch dann auch noch gut läuft, haben Emma und ich es geschafft. Ich schaue zu Fintan rüber, der total entspannt neben mir herschlendert. Nein, er, Emma und ich haben es dann geschafft!

»Wie wäre es, wenn wir uns ein bisschen mit Parkour-Training auspowern?«, schlägt Fintan vor.

»Das habe ich noch nie gemacht.«

Er fällt in leichten Trab. »Es gibt keine festen Regeln. Man bewegt sich nur möglichst schnell von Punkt A nach B.«

»Okay, das kann ich«, sage ich und renne los. Sofort wird Fintan schneller, und auch ich erhöhe das Tempo, um mich nicht abhängen zu lassen. Wir rasen durch die Häuserschluchten und biegen irgendwann in einen Park ein. Während ich auf eine Bank zusteuere und über deren Rückenlehne auf die andere Seite hüpfe, springt Fintan über eine steinerne Tischtennisplatte und sieht dabei so lässig aus, als wäre Segelflug seine angeborene Fortbewegungsart. Ich flitze an der Platte vorbei und über einen kleinen Felsbrocken. Er rast auf ein Fahrrad zu, stößt sich an der Kletterwand daneben ab und schwingt schräg über das Hindernis hinweg.

»Cool!«, rufe ich ihm zu. So langsam komme ich ordentlich ins Schwitzen. Aber noch habe ich meine Energie nicht verbraucht.

»Das war ein Tic-Tac«, antwortet er mir. »Ohne die Wand hätte ich die nötige Höhe nicht erreicht.«

Ich werde etwas langsamer. »Es gibt Namen für die einzelnen Bewegungen?«

»Klar.« Er nimmt ein Gerüst ins Visier, das zu einem Spielplatz gehört, und klettert in Windeseile hinauf.

»Okay, und wie nennt man das?« Ich renne zum Ende einer Rutsche, greife mit beiden Händen ihre Außenkanten, ziehe die Beine zur Brust und sause in hohem Bogen auf die andere Seite.

»Einen Katzensprung«, verkündet er und balanciert zu einem angrenzenden Holztürmchen.

Das kommt mir gerade recht. Ich nehme Anlauf, hole mit den Armen Schwung und springe zum Fenster hinauf. Dummerweise habe ich die Fliehkraft der Erde nicht bedacht und hänge im nächsten Moment an der Holzwand wie ein Affe an einem Ast. Eigentlich wollte ich mich leichtfüßig und möglichst elegant nach oben zu Fintan schwingen. Hat ja super geklappt. Lachend blickt er zu mir runter. »Das war ein waschechter Saut de bras – ein Armsprung.«

»Toll«, keuche ich.

»Na, lassen die Kräfte langsam nach?« Bevor ich abrutsche, streckt er mir seine Hand hin und zieht mich hoch.

»Vielleicht ein bisschen.« Ich wische mir über die Stirn, streiche mir die Haare nach hinten und setze mich hin. »Das war jetzt genau das Richtige.«

Fintan sinkt neben mich. »Beim Parkour kann man immer total gut abschalten. Wenn man einmal Feuer fängt, wird man es nicht mehr los.«

Nur langsam beruhigt sich mein Puls. Ich schaue in den Himmel, wo ein paar flauschige Schäfchenwolken vorbeiziehen. Ob Mama und Jürgen mittlerweile die Poffertjes gegessen haben und nun bei einem Glas Wein in den Himmel gucken? »Ich hoffe, unser Plan funktioniert.«

Fintan zieht nickend die Beine an. »Das hoffe ich auch. Es wäre echt schade, wenn du wegziehst. Ich, na ja, also, ich mag dich nämlich.«

Überrascht drehe ich den Kopf zu ihm. So was Ähnliches hat Jürgen vorhin auch zu Mama gesagt. Ist das jetzt genau so ein romantischer Moment, oder meint Fintan lediglich, dass er mich als normale Freundin mag? So wie Marc letzten Sommer Emma als Floßbau-Kumpel gemocht hat. Ich schlucke und reibe meine schweißnassen Hände aneinander.

Obwohl Fintan lächelt, sieht er plötzlich ein bisschen unsicher aus. »Ich, ähm, würde gerne was probieren.«

»Was denn? Vielleicht einen Salto vom Turm in den

Sand?« Ich zeige runter. »Und der heißt dann in Parkour-Sprache Delfinsprung, oder so ähnlich?«

Er schüttelt den Kopf und rückt ein Stückchen näher. »Nein, was anderes.« Unsere Beine berühren sich. Oh Mann, wir flirten. Ganz eindeutig. Ich schlucke erneut, und im nächsten Augenblick legt er seine Lippen auf meine. Dieses Mal dauert es nicht nur eine Trillisekunde. Es ist nicht nur der Hauch einer Berührung und auch kein Unfall wie bei der Erste-Hilfe-Übung. Fintans Mund drückt sich definitiv fest und voller Absicht auf meinen. Und ich? Ich drücke zurück. Seine Lippen sind weich, und sie schmecken nach Poffertjes mit Sirup. Langsam löst er sich von mir und fährt sich durch die Haare. »Das wollte ich schon die ganze Zeit machen.«

Ich auch, denke ich und fühle mich leicht wie eine Feder. Das war mein erster richtiger Kuss. Und er war noch besser, als ich ihn mir vorgestellt habe. Als Emma in Marc verliebt war, haben wir viel übers Küssen nachgedacht und gerätselt, wie es sich anfühlen würde mit einem Jungen, den man mag. Zu Übungszwecken haben wir uns einmal sogar gegenseitig auf den Mund geküsst. Nach dem Sommer meinte Emma dann, sie würde in Zukunft aufs Küssen verzichten, weil Jungs ihr gestohlen bleiben könnten. Wenn sie wüsste, wie toll es ist, würde sie ihre Meinung sicher ändern. Emma! Verdammt, unser Pakt! Ich habe ihn gerade gebrochen und damit meine beste Freundin verraten. Mein Federgefühl verpufft so schnell, wie es gekommen ist. Eilig schiebe ich mich über den Rand des Turms, springe ab und lande im Sand. »Ich muss gehen.«

»Warte mal.« Fintan kommt neben mir auf dem Boden auf.

Ich streiche mir die Hände sauber. »Hör zu, das geht nicht.«

Ein Ziehen breitet sich in meinem Bauch aus. Es fühlt sich an wie das Seitenstechen, das ich regelmäßig bei Mikes Aufwärmübungen bekomme.

»Was denn genau?« Er sieht mich fragend an.

»Na, das alles.« Ich deute auf ihn und mich und den Turm und den Himmel mit den Schäfchenwolken.

Fintan runzelt die Stirn. »Ich dachte, du magst mich auch.«

»Ja – nein – vielleicht.« Verdammt!

»Ja, nein, vielleicht?«, wiederholt er verwirrt und schüttelt den Kopf.

»Gute Nacht«, wispere ich, drehe mich um und renne, so schnell ich kann, zurück. Wahrscheinlich nennt man das beim Parkour den Speed-Run, und ich bringe ihn gerade zur Perfektion.

Kapitel 17

»Guten Morgen.« Ich schlurfe zum Frühstückstisch, wo Mama mit verträumtem Blick in ihrer Teetasse rührt.

»Guten Morgen, Lenchen.« Sie drückt mir einen Kuss auf die Stirn. »Ich kann es immer noch nicht fassen, dass du das Essen für Jürgen und mich organisiert hast.«

»Wie lief es gestern denn noch?«

»Wir hatten einen wunderbaren Abend. Jürgen ist wirklich ein faszinierender Mann.« Sie rührt einen Kakao für mich an und schiebt ihn mir vor die Nase. »Du wusstest, dass ich ihn mag, und hast das Treffen arrangiert, weil du möchtest, dass es mir gut geht. Das ist so lieb von dir.«

Ich nicke. Ein Hauch von einem schlechten Gewissen meldet sich in meinem Hinterkopf. Immerhin war der Abend nicht ganz so uneigennützig, wie Mama denkt.

»Aber es steckt noch ein bisschen mehr dahinter, stimmt's?« Sie zwinkert mir wissend zu, und ich fühle mich ertappt. Wenn sie nicht gerade in Selbstmitleid versinkt und ständig auf dem Kopf steht, dann kriegt sie ganz schön viel mit. Wahrscheinlich ist sie mittlerweile in Phase vier angekommen und kann endlich wieder klar sehen.

»Na ja«, stottere ich. »Emma und ich dachten, dass du …«

»Dass ich die Umzugspläne abhake, wenn Jürgen mich von meinem Elend mit Martin ablenkt.«

»Genau.«

»Ach, Leni.« Mama seufzt. »Ich habe in den letzten Tagen ohnehin viel darüber nachgedacht, ganz unabhängig von Jürgen. Eigentlich wollte ich gestern beim Essen in Ruhe mit dir darüber reden.«

Ich nippe an dem Kakao, der noch so heiß ist, dass ich mir die Zunge verbrenne. Schnell spurte ich zur Spüle und halte meinen Mund unter den Hahn.

»Aber dann war Fintan da«, fährt Mama fort. »Den ich übrigens echt sympathisch finde. Du hast noch gar nichts von ihm erzählt.«

Sofort meldet sich mein dummes Seitenstechen wieder, und trotz des kalten Wassers an meinen Lippen wird mein Gesicht ganz heiß. »Da gibt es nicht viel zu erzählen. Er ist neu in meiner Klasse und trainiert auch bei Mike. Weil Emma gestern krank geworden ist, hat er mir geholfen. Er ist nett.« Ich trockne mir den Mund mit einem Küchentuch ab. Zum Glück gibt Mama sich mit meiner Antwort zufrieden und hakt nicht weiter nach.

»Du hast ganz schön viel von meinem Drama mitgekriegt in der letzten Zeit. Das tut mir ehrlich leid!« Sie trinkt einen Schluck Tee.

Ich nicke stumm und setze mich wieder neben sie.

»Und du hattest recht. Ich habe bei den Umzugsplänen nur an mich gedacht. Das war unfair. Nach wie vor finde ich Hamburg eine tolle Idee, aber ich kann verstehen, dass es dir nicht so geht. Deshalb verspreche ich, in den nächsten Wochen erst mal hier nach einem Job zu suchen. Wenn ich nichts finde, dann sehen wir weiter.«

»Wirklich?«

»Ja, wirklich. Außerdem müsste ich dich am Ende wahrscheinlich fesseln und in den Umzugswagen werfen!«

Ich falle ihr in die Arme, und sie drückt mich fest an sich. Das ist der perfekte Zeitpunkt, um mit den Neuigkeiten rauszurücken. »Emma und ich haben uns übrigens schon mal umgeschaut.«

»Nach was?«

»Nach Physiotherapiepraxen in der Nähe.«

Mama zieht die Augenbrauen hoch.

»Eine davon eröffnet bald in diesem neuen Gesundheitszentrum um die Ecke. Die Inhaber wollen dich kennenlernen.«

»Wie bitte?« Die Falte auf Mamas Stirn wird größer.

»Na ja, wir haben denen eine Mail mit einer Anfrage und deinem Lebenslauf geschrieben.«

»Ich glaub, ich spinne.« Sie steht auf und schüttelt den Kopf. »Ihr habt in meinem Namen Bewerbungen verschickt? Das könnt ihr doch nicht machen.«

Ups, jetzt ist sie sauer. »Wir mussten aber was tun«, verteidige ich mich. »Du wolltest ja nur davonlaufen!«

Nachdem sie stumm einen großen Löffel Honig in ihren Yogi-Tee gerührt hat, setzt sie sich wieder hin.

»Reg dich bitte nicht auf. Wir wollten nur helfen. Und jetzt hat sich was ergeben. Also mach einfach einen Termin aus. Bitte! In dem Zentrum gibt es auch eine Yogapraxis, in der du vielleicht deine Ausbildung fertig machen kannst.«

Mama starrt mich mit riesigen Augen an. Wahrscheinlich weiß sie nicht, ob sie weiterhin wütend oder gerührt sein soll. Sie trinkt einen Schluck. Dann blinzelt sie plötzlich und zieht mich wieder an sich. Ich bin so erleichtert, dass ich auch ganz rührselig werde.

»Jetzt ist also alles geritzt«, sagt Emma. Sie klingt schon viel besser. Ich habe sie gerade angerufen, als ich nach dem Frühstück in den Bus gestiegen bin. Der Himmel ist grau, und es sieht nach Regen aus. Deshalb lasse ich das Rad heute lieber stehen und fahre mit den Öffentlichen zur Schule. »Endlich mal ein Pluspunkt für die Liebe. Das haben wir gut hingekriegt. Wir zwei gegen den Rest der Welt, tschakka.«

Ich schlucke. Ja, wir zwei sind ein gutes Team.

»Wie lief es noch mit Fintan?«, erkundigt sie sich.

Bei dem Gedanken an seinen Kuss meldet sich mein Seitenstechen wieder. Dieses Mal so stark, dass mir kurz die Luft wegbleibt. Ich atme einmal tief durch. »Er hat mir super geholfen. Aber sag mal, wie geht's dir denn?«

»Schon besser. Eigentlich wollte ich wieder in die Schule kommen, aber Papa meinte, ich soll mich heute und das Wochenende noch ein bisschen schonen.« Der Bus biegt in die Straße ein, in der die Haltestelle liegt.

»Du, ich muss raus. Lass uns nachher oder morgen weiterquatschen, ja?«

»Okay. Bis dann.«

Schon von Weitem sehe ich Fintan vor der Schule stehen. Mit einem unsicheren Lächeln kommt er auf mich zu.

»Können wir kurz reden?«

»Klar.« Ich folge ihm zum Baum auf der Wiese. Es hat angefangen zu nieseln, und wir stellen uns unter das schützende Blätterdach. »Wegen gestern …« Er räuspert sich.

»Ach so, ja.« Eilig krame ich die beiden Plastikschirmchen von seiner Schwester aus meiner Tasche. »Die kannst du wieder zurückschmuggeln. Das war echt nett von dir. Danke noch mal für deine Hilfe.«

»Gern geschehen.« Er nimmt sie mir ab und sieht mir fest in die Augen. »Ich verbringe gerne Zeit mit dir.«

Meine Haut kribbelt überall. Das liegt sicher nicht an den Regentropfen, die stärker werden und durch die Blätter auf mich runterplatschen. Schon wieder möchte ich so breit grinsen wie die Smiley-Gesichter auf den Poffertjes. Aber wenn ich mich weiter so durcheinanderbringen lasse, gefährde ich meine Freundschaft mit Emma. Und das will ich auf keinen Fall. Mir bleibt also nichts anderes übrig, als auf Abstand zu gehen. »Vielleicht wäre es besser, wenn …«

»Wenn was?«

Mein Hals tut plötzlich weh. »Wenn wir nicht mehr so viel miteinander zu tun hätten.«

»Ist das dein Ernst?« Fintans Lächeln friert ein, und ich nicke halbherzig.

»Am besten gehen wir uns eine Weile aus dem Weg«, krächze ich.

Jetzt senkt er den Blick, fährt sich durch die Haare und weicht einen Schritt zurück. »Ich wollte dir nicht auf die Nerven gehen.« Abrupt dreht er sich um und verschwindet.

Ich schlucke noch einmal, bevor ich mich auf den Weg ins Gebäude mache. Na super, da haben wir es wieder, das perfekte Gummistiefelwetter. Nicht nur hier draußen, wo der Regen mittlerweile zu einer prasselnden Wasserflut geworden ist, sondern auch in mir drinnen, wo sich alles anfühlt wie ein fies schmerzender Muskelkater.

Vor dem Klassenzimmer fängt Chloe mich ab. »Du glaubst es nicht«, platzt sie heraus. »Ole hat mich gefragt, ob wir heute ins Kino gehen.«

Ich ringe mir ein Lächeln ab. »Das ist ja großartig.«

Sie nickt, und ihr Grinsen reicht dabei fast von einem Ohr zum anderen. »Gestern haben wir uns zufällig im Supermarkt getroffen. Ich wollte gerade eine Dose herunternehmen, bin aber nicht oben rangekommen. Da tauchte er plötzlich auf, hat einfach eine Konserve von ganz unten rausgezupft und sie mir gegeben. Der Dosenturm ist umgekippt, es war ein irrer Lärm, aber Ole hat keine Miene verzogen. Ich musste so lachen, dass mir der Bauch wehgetan hat.«

»Das kann ich mir bildlich vorstellen«, murmele ich und denke daran, wie Fintan mich bei unserem Einkauf als wild gewordenes Gemüsemonster gejagt hat.

»Er kann so lustig und charmant sein«, schwärmt Chloe weiter.

Trübsinnig schlüpfe ich hinter ihr ins Klassenzimmer, wo Fintan sofort den Kopf wegdreht, als er mich sieht. Den ganzen Vormittag peitscht der Regen gegen die Fensterscheiben, und als hätte das Wetter uns allen die Energien abgesaugt, hängen wir ziemlich unmotiviert auf unseren Stühlen herum. Auch den Lehrern scheint der Elan abhandengekommen zu sein. Vielleicht liegt es daran, dass Freitag ist und sich alle aufs Wochenende freuen. Grinsekatze wiederholt jedenfalls planlos ein paar Aufgaben, die wir schon einmal gemacht haben, in Sport spielen wir ausschließlich Federball, und in Englisch schauen wir einen Film. Fintan wirft mir immer wieder verstohlene Blicke zu, ignoriert mich aber weitgehend, und ich habe die ganze Zeit Bauchschmerzen.

Abends überrascht Mama mich mit einer Einladung zum Italiener um die Ecke. Ich bestelle mir eine große Pizza Hawaii, pike aber nur lustlos an ein paar Ananasstücken herum. Irgendwie hat mich der Appetit verlassen.

»Ich habe keinen Hunger«, entschuldige ich mich, als Mama mich fragend ansieht.

Sie legte ihre Hand an meine Stirn. »Du wirst doch nicht krank?«

»Vielleicht habe ich mich bei Emma angesteckt.« Mein Bauch grummelt noch immer, und ich fühle mich ein bisschen fiebrig.

Den Rest des Wochenendes gammele ich im Bett oder in der Hängematte herum. Magen-Darm-Grippe habe ich keine gekriegt, und meine Temperatur ist auch okay. Trotzdem bin ich matt und antriebslos. Je näher die neue Woche rückt, desto mieser fühle ich mich. Ich schreibe ein paarmal mit Emma hin und her. Im Gegensatz zu mir geht es ihr jeden Tag besser.

Als wir uns am Montagmorgen treffen, ist Emma noch etwas blass im Gesicht. Sie freut sich aber riesig, dass meine Mutter endlich Vernunft angenommen hat, und strahlt mich glücklich an.

»Das glaub ich jetzt nicht«, raunt sie mir zu, als Chloe und Ole Händchen haltend ins Gebäude spazieren. »Da bin ich mal ein paar Tage ausgeschaltet, und schon passieren hier jede Menge spannende Sachen.« Chloe kommt freudestrahlend zu uns rüber, nachdem Ole zu seinem Spind gegangen ist.

»Euer Date lief wohl gut. Seid ihr jetzt zusammen?«, erkundige ich mich neugierig. Sie nickt mit roten Wangen.

»Das freut mich so für dich.« Ich umarme sie, und auch Emma drückt sie fest.

»Als der Film anfing, ist er immer näher an mich rangerutscht und hat irgendwann meine Hand genommen«, erzählt sie schwärmend. »Mein ganzer Körper hat gekribbelt, und mir ist total warm geworden. Er hat seinen Kopf zu mir gedreht und mich angeschaut und dann hat er mich geküsst. Es war, es war …«

»Der romantischste Augenblick in deinem Leben«, vervollständige ich Chloes Satz.

»Genau«, sagt sie, und ich seufze.

Im gleichen Augenblick kommt Fintan um die Ecke. Er schaut stur geradeaus und würdigt mich keines Blickes.

»Was ist denn mit dem los?«, fragt Emma verwundert, doch ich bin wie gelähmt und kann nicht mal mit den Schultern zucken.

»Das Beste ist aber, dass Ole mich genau so mag, wie ich bin«, lenkt Chloe das Gespräch wieder auf sich. Sie zeigt auf ihre Brust. »Ihr wisst schon.«

»Na, das ist ja wohl Voraussetzung«, bemerkt Emma, und weil ich noch immer wie eine Statue herumstehe, boxt sie mir auffordernd in die Seite, damit ich ihren Kommentar bestätige.

Mittags setzen wir uns nach draußen. Emma rührt brummig ihren Bananen-Haferbrei um, den ihre Mutter heute Morgen für sie gemacht hat, weil er angeblich besonders magenfreundlich ist. Ich nage nicht weniger lustlos an meinem Sandwich herum. Mehrere Jungs aus unserer Klasse spielen ganz in der Nähe Volleyball. Irgendwann kommen auch Fintan und Matti raus. Sie setzen sich neben das Spielfeld und verfolgen den wilden Kampf der anderen. Kaum zwei Minuten später gesellt sich Luisa zu ihnen. Sie lacht über irgendwas, das Fintan sagt, und ich konzentriere mich auf mein Brot, das mir plötzlich noch unappetitlicher erscheint als ohnehin schon.

»Hey, alles klar?«, erkundigt sich Emma, die einen hungrigen Blick auf meinen Snack wirft und wahrscheinlich nicht verstehen kann, dass man so etwas verschmäht.

»Ja, sicher. Wie lief es denn mit Florine in den letzten Tagen?«

»Super«, beginnt sie, doch den Rest ihres Berichts kriege ich kaum mit, weil Luisa anfängt, Fintan zu kitzeln. Zunächst wirkt er nicht sonderlich begeistert, doch dann kitzelt er sie kräftig zurück, was Luisa wiederum laute Quietscher entlockt. Ich stopfe den Rest meines Essens in den Rucksack und stehe auf.

»… war so lustig«, sagt Emma gerade, hält dann inne und starrt mich verwirrt an. Luisa ist mittlerweile auf den Rücken gerollt und pikt Fintan unablässig in die Seite. »Lass uns reingehen.« Mein Vorschlag klingt wie ein Befehl, aber ich kann nicht anders. Ich will hier schnellstmöglich weg. »Vor Englisch muss ich noch aufs Klo«, erkläre ich kurzerhand, weil mir auf die Schnelle keine bessere Ausrede einfällt.

Als Emma und ich an den Spinden vorbeikommen, räumt Chloe gerade ein paar Bücher in ihr Fach. Dabei verrutscht ihr Shirt, und eine rote Stelle am Hals wird sichtbar.

Ich erstarre. »Du, du hast …«

Neugierig beugt Emma sich vor. »Einen Knutschfleck. Man könnte auch sagen: ein waschechtes Hämatom.«

Chloe kichert. »Ole und ich haben uns vorhin unter der Treppe geküsst.«

»Er hat wohl eher an dir gesaugt«, konkretisiert Emma. Sie schiebt ihre Brille über die Nasenwurzel. »Sieht ja interessant aus, so aus der Nähe betrachtet. Man kann das aus den Kapillaren gezogene Blut direkt unter der Haut total gut erkennen.« Sie tippt auf den fransig auslaufenden Rand rund um den dunkelroten Fleck. »Das haben Leni und ich erst kürzlich für Bio recherchiert.«

»Wie hat es sich angefühlt?«, hake ich nach, und weil Emma mich fragend ansieht, gebe ich meiner Neugier einen wissenschaftlichen Anstrich. »Immerhin halten wir bald unser Referat.«

Seufzend schließt Chloe die Augen. »Es hat gar nicht wehgetan. Seine Lippen haben ziemlich gekitzelt an meinem Hals. Ich hatte überall Gänsehaut.«

»Darf ich für unseren Vortrag ein Foto davon machen?« Emma zückt ihr Handy.

»Von mir aus. Aber es muss anonym bleiben, und du darfst das Bild nicht auf Instagram posten.«

»Natürlich nicht«, antwortet Emma empört. »Was denkst du denn von mir?«

Am Mittwoch taucht Fintan nicht im Karatetraining auf. Eigentlich sollte ich froh darüber sein, aber ich bin es nicht. Ich frage mich, wo er steckt und ob es ihm gut geht. Konnte er die Barbieschirmchen heimlich zurückschmuggeln, ohne ein Familiendrama auszulösen? Ist er vielleicht krank, oder kommt er nur nicht zum Sport, weil er mir aus dem Weg geht? In der Schule ignoriert er mich nach wie vor. Als mir gestern nach dem Geounterricht mein Buch aus dem Arm gerutscht ist, hat er so getan, als hätte er nichts bemerkt, und ist einfach an mir vorbeigegangen. Außerdem geht mir Luisas Getue immer mehr auf den Zeiger. Sie flirtet völlig ungeniert. Als sie Fintan vorhin im Flur hinterhergerannt ist, um ihn irgendwas zu fragen, hätte ich ihr am liebsten ein Bein gestellt. Emma merkt natürlich, dass irgendwas nicht stimmt. Sie hat mich heute schon zweimal drauf angesprochen. Aber ich habe so getan, als sei alles okay. Ich kann ihr ja schlecht sagen, dass ich mich mies fühle, weil Fintan mich ignoriert, was er nur tut, weil ich ihn darum gebeten habe, nachdem er mich geküsst hat, was sich wiederum ziemlich gut angefühlt und mein schlechtes Gewissen ins Unermessliche gesteigert hat … Verdammt, was für ein Schlamassel!

Am Freitagabend kommt Mama mit guten Nachrichten nach Hause. Ihr Vorstellungsgespräch in der Physiotherapiepraxis lief fantastisch. Schon nach wenigen Minuten haben sie ihr angeboten, innerhalb der nächsten Wochen anzufangen, und Mama hat spontan zugesagt. Nach dem Treffen hat sie auch noch mit den Besitzern der Yogaschule gleich neben der Praxis gesprochen. Tatsächlich könnte sie dort ihre Ausbildung beenden und später selbst Kurse geben.

»Wahnsinn!«, brüllt Emma mir ins Ohr, als ich ihr am Telefon davon erzähle, nachdem Mama rüber zu Jürgen verschwunden ist. »Dann bleibt ihr also wirklich hier?«

»Mhm.«

»Wir sollten auf den Tischen tanzen!«, jubelt sie weiter. »Mit unserer Hilfe haben sich die Wolken verzogen. Nie wieder Gummistiefelwetter. Was hältst du davon, wenn ich vorbeikomme, wir Popcorn machen und unseren Erfolg feiern?«

»Eigentlich eine gute Idee, aber ich bin ziemlich müde und wollte bald ins Bett gehen. Lass uns das Feiern verschieben, okay?«

»Okay.« Emma klingt enttäuscht, aber das kann ich nicht ändern. Ich freue mich ehrlich, dass Mama einen Job gefunden hat und mit Jürgen glücklich ist. Trotzdem will ich mich am liebsten in meine Hängematte einrollen und in die Sterne schauen. Und genau das tue ich auch. Irgendwann kommt Filou zu mir rüber und springt schnurrend auf meinen Bauch. Seine grünen Augen mustern mich kritisch, und ich nicke, weil ich mal wieder das Gefühl habe, dass er weiß, wie es mir geht. Ich stoße mich mit dem Fuß vom Boden ab. Sanft schaukeln wir hin und her. Die Terrasse ist in bunten Farben erblüht. Jürgen hat heute ein paar Pflanzen und die versprochene Torferde vorbeigebracht. Es duftet süß nach Rosen, Lavendel und Melisse. Ein paar Spatzen flattern ständig in einen dichten Strauch hinein und trillern lauthals darin herum. Wenn das so weitegeht, machen wir Jürgens Dschungel nebenan bald echte Konkurrenz. Ich lege den Kopf zurück und starre nach oben, um mich daran zu erinnern, dass das Weltall über mir riesig und die Erde nur ein klitzekleiner Punkt darin ist. So klein wie ein Sandkorn an einem kilometerlangen Strand, und ich wiederum bin auch nur ein klitzekleiner Punkt auf der Erde. Wenn man es so betrachtet, können meine Sorgen also gerade mal Mini-Miniaturformat haben. Leider fühlen sie sich mindestens so groß an wie die Milchstraße. Das muss Liebeskummer sein, schießt es mir durch den Kopf! Wie bin ich da nur reingeraten?

Kapitel 18

»Lass uns ein Eis essen gehen.« Emma steht am nächsten Mittag unangemeldet vor meiner Tür. Also nicke ich ergeben und sitze wenig später neben ihr in unserem Lieblingscafé. Die süße Milch meines Erdbeershakes hat etwas Tröstliches, deshalb sauge ich wie wild am Strohhalm.

»Raus damit«, fordert Emma mich auf. »Was ist los?«

»Nichts.«

Ungeduldig trommelt sie mit den Fingern auf dem Tisch herum, aber was soll ich ihr schon sagen? Dass ich streng genommen zu den Mädchen gehöre, über die wir uns so oft lustig gemacht haben? Dass ich sie hängen gelassen und mich verknallt habe? Dass ich ihr nicht gleich die Wahrheit gesagt habe, aus Angst, sie zu verletzen? Mittlerweile verstehe ich sogar, wieso man sich manchmal wie eine Verrückte benimmt, wenn man verliebt ist. Ich hätte Luisa am Freitag gleich mehrfach den Hals umdrehen können. Am liebsten würde ich einfach so schnell wie möglich Phase vier erreichen und über Fintan hinweg sein, damit alles wieder wie früher wird.

»Wir wollten doch noch feiern.« Um mich auf andere Gedanken zu bringen, hebe ich mein fast leeres Glas. »Prost!«

»Leni, ernsthaft.« So langsam wird Emma sauer. Ich kann es an ihrer gerunzelten Stirn und an ihrem strengen Blick erkennen. Der ist eigentlich für Florine reserviert. Zumindest war er das, bevor die beiden sich besser verstanden haben. Seufzend stelle ich mein Glas wieder ab. Sie kennt mich einfach zu gut. Ich kann ihr nichts vormachen, und natürlich kann ich ihr auch nicht verübeln, dass ihr langsam die Geduld ausgeht.

»Du bist wegen Fintan so komisch, oder?«, fragt sie ohne weitere Umschweife. »Ich habe gesehen, wie du ihn anschaust. Und Luisa geht dir wegen ihm so auf die Nerven. Denkst du, ich bin blöd?«

Schuldbewusst starre ich auf meine Hände. »Nein, natürlich nicht. Es ist alles so kompliziert.«

»Also gibst du zu, dass zwischen euch was ist?«

»Ja, schon«, erwidere ich mit belegter Stimme. »Aber das Thema ist erledigt.«

»Wegen Luisa?«

»Quatsch. Ich habe ihm gesagt, dass das mit uns nicht geht.«

»Ach, so weit wart ihr also schon?«

»Na ja …« Ich kratze mit dem Fingernagel an einem eingetrockneten Sahnefleck auf der Tischplatte herum. »Er hat mich geküsst.«

»Er hat was?« Emmas Augen werden fast so groß wie ihre Brille. Jetzt sollte ich ihr alles beichten. Sie muss es einfach verstehen.

»Das war neulich nach dem Essen. Es war total romantisch und viel besser als beim ersten Mal und dann …«

»Moment mal, ihr habt euch schon öfter geküsst?« Sie verschränkt die Arme vor der Brust. »Und wann wolltest du mir davon erzählen?«

Krampfhaft überlege ich, wie ich ihr klarmachen kann, was in mir vorgegangen ist. Doch bevor mir die richtigen Worte einfallen, steht sie auf. »Verstehe, du wolltest es gar nicht tun. Echt super, Leni!«

Eilig folge ich ihr zu den Rädern. »Du musst mir glauben, ich wollte mich an unseren Pakt halten.«

Mit leerem Blick schiebt Emma mich aus dem Weg und fährt los.

»Jetzt warte doch mal«, rufe ich ihr hinterher, doch sie fliegt so schnell davon, dass sie mich wahrscheinlich nicht mal mehr hört.

Am Montag in der Schule ignoriert sie mich. Gleich am Samstag habe ich ihr noch drei Textnachrichten geschrieben und sie am Sonntag mehrfach angerufen. Sie hat nicht darauf reagiert. Gestern Abend bin ich sogar bei ihr vorbeigegangen, aber es war niemand da. Heute früh wollte ich sie vor der Schule abpassen, doch sie war schon im Klassenzimmer und schrieb wie verrückt mit, als Frau Willmann die verschiedenen Phasen einer Schwangerschaft erklärt hat. In Englisch habe ich ihr einen Zettel zugeschoben, den sie nicht beachtet hat. Fintan würdigt mich auch keines Blickes, Luisa himmelt ihn ungeniert an, Chloe ist so verknallt, dass sie auf einer bauschigen Ole-Wolke schwebt und den ganzen Tag nur entrückt vor sich hin grinst. Und ich fühle mich wie ein trauriges, unscheinbares Nachtschattengewächs.

»Lass uns kurz reden«, bitte ich Emma nach Schulschluss. Sie schüttelt knapp den Kopf und lässt mich stehen. Trübsinnig schlurfe ich über das Gelände. Plötzlich wird es in meinem Bauch ganz heiß. Ich habe das Bedürfnis, laut zu schreien, und balle meine Hände zu Fäusten, weil sie ein bisschen zittern. Am liebsten würde ich mich in Obelix verwandeln und ein paar Bäume ausreißen oder irgendjemanden durch die Luft schleudern. Meine Fußsohlen fangen an zu kribbeln. Ich gebe dem Impuls nach und sprinte über die Wiese an den Turnhallen entlang. Wahrscheinlich halten mich die anderen Schüler für total irre, aber das ist mir egal. Beim Versammlungsplatz springe ich über die weitläufigen Stufen, die einen Halbkreis bilden und an ein Amphitheater erinnern. Dann hechte ich in den Gang hinter dem Plateau und überwinde einen Mülleimer, indem ich an der Wand einen filmreifen Tic-Tac hinlege. Ich halte auf die eiserne Feuertreppe zu, flitze hinauf, hangele mich über das Tor und komme keuchend oben auf dem Dach an. Dort streife ich meinen Rucksack ab, lasse mich fallen, strecke alle viere von mir und versuche, wieder zu Atem zu kommen. Eine gefühlte Stunde bleibe ich so liegen, rühre mich keinen Millimeter und beobachte die Wolken. Ich habe alles falsch gemacht. Emma ist zu Recht enttäuscht von mir. An ihrer Stelle wäre ich auch stinkesauer. Ich muss sie unbedingt dazu bringen, mir zuzuhören, damit ich ihr alles in Ruhe erklären kann. Heute Abend brauche ich allerdings nicht bei ihr vorbeizufahren. Sie ist mit ihren Eltern und Florine auf einer Familienfeier. Also muss ich mir irgendwas für morgen einfallen lassen. Nur was? Die Wolken über mir werden dunkler. Wahrscheinlich regnet es bald. Gummistiefelwetter, schießt es mir durch den Kopf, außen und innen, mal wieder. Plötzlich kommt mir eine Idee, wie ich Emma dazu bringe, mir zuzuhören. Ich hieve mich hoch und mache mich auf den Weg in die Stadt.

Kapitel 19

»Leni, du siehst total lächerlich aus«, heißt mich Luisa am nächsten Morgen bei den Spinden willkommen. Die Wolken von gestern sind weggezogen, ohne dass es geregnet hat. Heute ist es so schwül, dass ich mich nicht wundern würde, wenn wir wieder hitzefrei kriegen. Ich ignoriere Luisas Kommentar und mache mich auf den Weg zum Deutschunterricht. Auch wenn ich mich in meinem Outfit zum Affen mache, ziehe ich mein Vorhaben durch. Der Rest der Klasse kichert, als ich den Raum betrete. Tapfer tue ich so, als wäre alles wie immer, auch wenn es langsam, aber sicher ganz schön ungemütlich wird. Emma starrt mich verwundert an. Ich meine, ein Zucken in ihren Mundwinkeln zu erkennen, doch dann dreht sie sich weg und schenkt ihre volle Aufmerksamkeit Herrn Lindner, der gerade hereinkommt. Er lässt meinen Auftritt zum Glück unkommentiert.

In der Pause hechte ich zu den Toiletten, weil ich erstens dringend eine Abkühlung brauche und zweitens gesehen habe, dass Emma dorthin verschwunden ist.

»Hey«, sage ich, als ich die Tür hinter mir schließe.

Sie steht am Spiegel und wäscht ihre Brillengläser ab. Mürrisch dreht sie sich um und schaut erst auf meinen Kopf und dann runter auf meine Füße. »Willst du dir bei 34 Grad Außentemperatur etwa einen Hitzschlag holen?«

»Eigentlich nicht.«

»Dann hast du einfach nur Lust, mal wie ein Freak rumzulaufen?«

»Nein, ich wollte dir was klarmachen. Mit einem Symbol.«

»Aha.« Emma schiebt ihre Brille auf die Nase und runzelt die Stirn.

»Zwischen uns herrscht echtes Gummistiefelwetter«, erkläre ich. »Aber ich bin dafür gewappnet. Das Zeug lasse ich so lange an, bis du mir endlich zuhörst, damit die Sonne scheinen kann und wir wieder Freundinnen sind.« Im Innern meiner knallgelben Treter ist es heiß wie in einem Ofen. Meine Füße baden quasi in einem See aus Schweiß, aber das ist mir egal. Die riesige Regenmütze, deren Krempe hinten so lang ist, dass sie mir fast bis zu den Schulterblättern reicht, ist fast noch fieser. Es fühlt sich an, als hätte ich eine Wärmedecke auf dem Kopf. Damit ich nicht kollabiere, fächele ich mir Luft zu.

Emmas Gesicht wird weich. »Das ist meine Lieblingsfarbe.«

»Ich weiß. Gestern bin ich noch durch die halbe Stadt gerannt, um die Gummistiefel zu finden. Es gibt Tausende Varianten mit Blumen oder Streifen oder Punkten. Nur einfache gelbe gab es nirgends. In einem Anglerladen habe ich sie schließlich entdeckt. Und die Mütze habe ich dann gleich mitgenommen.«

Jetzt zucken Emmas Mundwinkel. Sie fängt an zu grinsen und lacht los. »Zieh die Sachen aus und lass uns reden.«

»Ehrlich?« Erleichtert atme ich auf. Ich habe das Eis wohl zum Schmelzen gebracht!

»Ehrlich. Du sollst nicht länger leiden müssen wegen mir.«

Wahrscheinlich meint sie nur meine Schuhe und den Hut. Aber mir bedeutet ihr Kommentar so viel mehr.

Ich streiche mit den Füßen über das kitzelnde Gras. Nachdem der Rektor uns hitzefrei gegeben hat, sind Emma und ich kurz nach Hause gefahren und haben uns eine halbe Stunde später im Freibad getroffen. Nach einem erfrischenden Sprung ins Wasser ist das Wetter hier im Schatten endlich erträglich.

»Ich wollte das alles nicht, das musst du mir glauben«, fange ich an, während Emma sich abtrocknet. »Mit Fintan ging alles so schnell. Wir haben uns sofort gut verstanden, als er damals beim Training aufgetaucht ist. Und das bei der Erste-Hilfe-Übung am Gesundheitstag war eher ein Versehen und gar kein richtiger Kuss, aber es hat mich ganz durcheinandergebracht.«

»Kann ich verstehen.« Sie streckt sich neben mir aus und zupft einen Grashalm von ihrem gelben Badeanzug.

»Als es bei dem Überraschungsessen zwischen Jürgen und Mama romantisch wurde, haben wir sie alleine gelassen, sind rausgegangen und haben trainiert.«

»Trainiert?« Emma sieht mich fragend an.

»Ich musste mich auspowern, weil ich total hibbelig war. Fintan hat eine Runde Parkour vorgeschlagen, also sind wir einfach losgerannt.« Jetzt guckt Emma wieder ganz seltsam, aber wenn ich schon mal auspacke, dann richtig. »Jedenfalls saßen wir hinterher zusammen auf einem Spielplatz, haben geflirtet, und zum Schluss hat er mich geküsst.«

»Wieso hast du mir das denn nicht erzählt?«

»Weil ich ein schlechtes Gewissen hatte wegen unserem Pakt. Ich hatte das Gefühl, dich total verraten zu haben. Deshalb habe ich Fintan gesagt, dass es mit uns nicht funktioniert. Ich will nicht, dass du sauer bist.«

Sie seufzt laut. »Ich bin nicht wegen ihm sauer.«

»Na klar bist du das. Du warst immer ein bisschen komisch, wenn er in der Nähe war.«

»Das lag aber nicht an ihm, sondern an dir.«

»Wie jetzt?«

»Du hast mir nicht erzählt, dass du ihn toll findest, dabei war das sonnenklar.«

»Mir aber nicht. Ich habe es lange selbst nicht kapiert.«

»Trotzdem hättest du mit mir reden müssen. Stattdessen hast du dich verkrochen und mich ausgeschlossen. Das war echt das Letzte. Ich dachte, wir sind Freundinnen.«

»Sind wir doch auch.« Ich schlucke den Kloß in meinem Hals runter, und Emma seufzt noch mal.

»Fürs Verknallen kannst du streng genommen nichts. Daran ist dein Gehirn schuld.«

»Mein Gehirn?«

Sie nickt. »Nach dem Sommer mit Marc habe ich das recherchiert. Wenn du verliebt bist, sorgen elektrische Impulse in den Nervenzellen dafür, dass du ein prickelndes Gefühl kriegst. Dein Körper produziert wie ein Irrer irgendwelche Hormone, die deine Sinne vernebeln. Das wirkt wie eine Droge. Im Grunde bist du also nur ein Opfer und deshalb letztlich auch nicht schuld am Paktbruch.«

»Ein Opfer?«, wiederhole ich skeptisch und lasse den Kopf hängen. »Es tut mir leid. Ich war total überfordert. Ich dachte, du wärst enttäuscht, wenn du erfährst, dass ich Fintan mag. Deshalb habe ich versucht, das zu ignorieren. Hat leider null geklappt.«

»Aber echt.« Sie setzt sich auf und schaut mich ernst an. »Hör zu, ich finde Fintan nett. Ehrlich. Er ist witzig, und er hat gute Ideen. Ohne ihn würde ich Florine wahrscheinlich noch immer am liebsten ins All schießen. Vergessen wir den dämlichen Pakt. Der konnte sowieso nicht funktionieren. In der Wissenschaft würde man das wahrscheinlich ein gescheitertes, realitätsfremdes Experiment nennen.«

»Du bist die Beste.« Ich umarme sie so schwungvoll, dass wir auf der Decke herumkullern.

»Lieber ein glückliches Opfer zur Freundin als einen Trauerkloß, der seine Gefühle unterdrückt, nur um irgendwelche Absprachen einzuhalten«, nuschelt Emma in meine Haare. Nachdem wir uns wieder voneinander gelöst haben, hebt sie drohend den Zeigefinger. »Aber wenn du anfängst, dich zum Affen zu machen, und wegen diesem Typen komisch wirst, zum Beispiel ständig deine Haare zurückwirfst wie Luisa, dämlich kicherst wie Amelie, einen fürchterlichen Wonderbra kaufst wie Chloe oder ununterbrochen Kopfstand machst wie deine Mutter, dann streike ich.«

»Das solltest du unbedingt«, antworte ich. »Du darfst mir dann sogar eine scheuern. Damit unterbrichst du die elektrischen Impulse in meinem Hirn, und ich sehe wieder klar.«

Kapitel 20

»Willst du nicht mal mit ihm reden?« Emma zeigt auf Fintan, der den Ball gerade rüber zu Rico passt.

»Ich stehe doch auch frei«, mault Matti und joggt an sämtlichen Gegnern vorbei, um Leon zu blocken. Da wirft Rico den Ball in den Korb. Das Team jubelt. Luisa und Amelie klatschen ab, und Luisa umarmt Fintan sogar.

»Du solltest klarstellen, dass du ihn magst. Sonst schnappt ihn dir vielleicht eine andere vor der Nase weg«, kommentiert Emma diesen mal wieder völlig übertriebenen Annäherungsversuch unserer Mitschülerin.

»Ich weiß nicht, was ich sagen soll. Er muss mich doch total blöd finden.« Ich fahre gedankenverloren mit der Hand an der Bank entlang, auf der wir sitzen, während wir darauf warten, dass unser Sportlehrer das Zeichen für den Spielerwechsel gibt.

»Glaub ich nicht«, wiederspricht Emma mir im Brustton der Überzeugung. »Fang ihn nach der Stunde vor der Halle ab und finde es heraus.«

Nervös trete ich von einem Fuß auf den anderen. Emma ist schon ins Schulgebäude vorgegangen. Als Fintan mit Ole aus der Sporthalle kommt, ringe ich mir ein Lächeln ab. Natürlich bemerkt er es nicht, weil er gekonnt an mir vorbeischaut. »Ähm, kann ich kurz mit dir reden?«, krächze ich.

Verwundert bleibt er stehen. Ole legt einen Arm um Chloe, die gerade zu uns stößt, und schlendert mit ihr weiter.

»Tja, also …« Wie soll ich bloß anfangen? Vielleicht wäre es klug gewesen, sich das vorher zu überlegen. Immerhin hatte ich die ganze Sportstunde Zeit dafür. »Kommst du heute wieder zum Karate?«

Fintan runzelt die Stirn. Wahrscheinlich wundert er sich über meine oberflächliche Frage. Sie war aber das Erstbeste, was mir eingefallen ist.

»Ich denke nicht«, sagt er abweisend und setzt sich in Bewegung. »Du hast mir ja deutlich gezeigt, dass ich dich nerve.«

»Das stimmt doch gar nicht.«

»Ach, hast du nicht gesagt, wir sollten uns aus dem Weg gehen?«

»Doch, aber das hatte einen anderen Grund.« Ich versuche, mich nicht von ihm abhängen zu lassen. Er macht ziemlich große Schritte. »Meine Mutter, Emma und ich hatten einen Pakt geschlossen, dass wir uns nicht verlieben und nichts mit Jungs und Männern zu tun haben sollten.«

Jetzt wird Fintan langsamer. »Ziemlich drastisch.«

»Ja, vielleicht. Trotzdem wollte ich mich daran halten.«

»Bisher dachte ich, dass niemand schräger ist als meine Schwestern. Aber irgendwie seid ihr Mädchen wohl alle ein bisschen komisch.«

»Wir sind auch nicht komischer als ihr Jungs«, gebe

ich zurück. »Schau dir doch mal die Blödföhne in unserer Klasse an.«

Fintans Mund verzieht sich leicht.

»Hör zu, mein Verhalten tut mir echt leid«, bekräftige ich, damit er versteht, dass es mir ernst ist. »Der Pakt war Blödsinn. Sei bitte nicht mehr sauer.«

Er bleibt stehen und sieht mich zum ersten Mal seit unserem Gespräch unter dem Baum wieder an. »Und was war mit dem *Ja – nein – vielleicht,* als ich dich gefragt habe, ob du mich magst?«

»Ähm – na ja – ja«, antworte ich. Meine Stimme klingt seltsam piepsig, und mir ist schon wieder fürchterlich warm.

»Das heißt, du bist gerne mit mir zusammen?«

»Wenn du mich nicht mehr ignorierst, kannst du es ja selbst rausfinden.«

Er beginnt zu grinsen. Endlich fällt die Anspannung von mir ab, und ich lächle ihn breit an.

»Gut. Komm mit«, sagt er und greift meine Hand.

»Wohin willst du? Die nächste Stunde fängt gleich an.«

Statt mir zu antworten, zieht er mich mit sich und rennt los. Ich halte Schritt. Gemeinsam laufen wir über die Wiese in Richtung Versammlungsplatz. Wir hüpfen über die Treppenstufen, hechten in den Gang dahinter und überwinden nacheinander den Mülleimer neben der Wand, indem wir uns im Sprung mit den Füßen an ihr abdrücken. Fintan spurtet auf die eiserne Feuertreppe zu. Ich folge ihm hinauf und hangele mich hinter ihm über das Tor.

»Genau das habe ich vorgestern auch gemacht«, keuche ich und lasse mich mit rasendem Puls fallen.

»Ich weiß.« Er sinkt neben mich. »Ich habe dich gesehen, als du wie eine Verrückte über die Wiese gestürmt bist. Da bin ich dir hinterher.«

»Du hast mich verfolgt?«

»Ich habe mir Sorgen gemacht, weil du so verzweifelt ausgesehen hast.« Er nimmt meine Hand und streicht mit dem Daumen über meine Finger, die sofort anfangen zu kribbeln. In Sekundenschnelle breitet sich das Gefühl in meinem ganzen Körper aus. Bestimmt explodieren gerade all meine Nervenzellen wegen einem elektrischen Impulsüberschuss. Ich drücke seine Hand, und er legt behutsam den Arm um mich. Am liebsten würde ich den Rest des Tages so sitzen bleiben. Aber das geht natürlich nicht. Der Biounterricht wartet.

Milchgesicht-Leon ist noch blasser als sonst. Und Mattis Coolness scheint sich in Luft aufgelöst zu haben. Sichtlich angespannt trottet er hinter Leon nach vorne. Neben dem Whiteboard nimmt Frau Willmann die beiden in Empfang.

»Endlich ist der lang ersehnte Moment gekommen«, sagt sie und ist wahrscheinlich so ziemlich die Einzige, die sich auf den Start der Referate gefreut hat. Chloe rutscht unruhig auf ihrem Stuhl herum. Greta kratzt sich einen Pickel nach dem anderen auf, und Amelie und Luisa tuscheln mit hochroten Köpfen. Emma hingegen tippt schon ungeduldig mit ihrem Stift auf ihrem Block herum. Klar, sie wartet neugierig auf die Informationen, die gleich kommen werden. Ich seufze und lehne mich an ihre Schulter. Glücklich schenke ich Fintan, der mir vom Jungstisch aus zuzwinkert, ein Lächeln. Wir haben abgemacht, heute nach dem Training wieder ein Eis essen zu gehen. Vielleicht bekomme ich dann auch meinen zweiten Kuss.

»Dann mal los«, fordert Frau Willmann Leon und Matti auf. »Denkt dran, hier ist jeder mal an der Reihe, und wir kennen uns alle gut. Also keine Angst.«

Matti räuspert sich, und Leon öffnet den Mund. »Okay, also«, krächzt er und starrt auf das Papier in seiner Hand, das er so verkrampft festhält, dass seine Fingerknöchel ganz weiß sind. »In unserem Referat geht es um, ähm, den männlichen Orgasmus.«

Frau Willmann öffnet ihren Koffer und kramt den Holzpenis hervor. »Damit könnt ihr die Ejakulation gleich besser beschreiben«, raunt sie und übergibt ihn an Matti. Er starrt das Teil an, als wäre es ein Alien, das urplötzlich aus einer fremden Galaxie aufgetaucht ist, um ihn mit Haut und Haaren aufzufressen.

»Stell dir einfach vor, du bist ein Hollywoodstar, der den Oscar gewonnen hat«, ruft Rico ihm glucksend zu.

Mattis Gesichtsausdruck verändert sich langsam. Und während Leon neben ihm noch immer nach den richtigen Worten sucht, dreht sich Matti grinsend zu Frau Willmann um. »Thank you for this wonderful price. It's amazing.«

Rico prustet los, und wir fallen alle mit ein. Das Lachen lässt uns für einen klitzekleinen Moment vergessen, wie furchtbar peinlich diese Situation ist.